「最後に一つだけ」

「うん、なんだい」

「僕のチェロ・パートには飯田くんの音色が欲しいのですが、受けていただけますか？」

銀の匙のサンバ

—富士見二丁目交響楽団シリーズ 外伝—

秋月こお

18488

角川ルビー文庫

目次

口絵・本文イラスト／後藤　星

母親たちの午後

高慢ちきそうな女だ、とミランダは思った。

一目見ての第一印象である。

二人の客は、『鏡の間』と呼んでいる応接室の長ソファに並んで座っている。

見慣れてはいないが珍奇と驚きもしない、日本の民族衣装を着込んだ日本人の女と、黒人の女だ。中肉中背の日本人のほうは中年といった年頃、でっぷり太った大柄な黒人のほうは初老に差し掛かっている。

高慢そうだと見て取ったのは日本人女性のほうだが、老眼鏡の奥の目を転じた黒人女性のほうも、貧民層に多い自信たっぷりな面構えをしている。

ただし服装は、センスが表している階層からすると、そう安っぽい品物でもなかった。いまどきの若い者たちの言い方を借りるならば勝負服というやつだろう。昔は『一張羅』と呼んだものだが。

客たちはミランダの言いつけで、入り口に背を向ける席に座らせてあるが、黒人女性はドアがあいた気配に気づき、日本人のほうは正面の鏡に映ったミランダの姿を見つけていた。

どちらも充分に緊張していて、しかも、こちらの入室に反射的に立ち上がらないていどに腹を据えている。一筋縄ではいかない相手だと、ミランダは第二印象を読み取った。

お供の秘書と付き添いを兼ねるメイドに、ドアの横に控えているようにしぐさで指示して、ミランダは寒さのせいで痛む足を前に進めた。

どんなに暖房を効かせてあっても、なぜか体は外の冷えを感じ取るのだ。

七十を過ぎてから、歩行には杖《つえ》の助けがあったほうが楽になった。絨毯《じゆうたん》が敷き詰めてある床は、杖を突く音も靴音も消しているが、二人の客たちはミランダが彼女たちの視界に入るのを待っていたように、それぞれ立ち上がった。

日本人のほうは女優かダンサーのようにすっくりと、黒人のほうは太り過ぎた体を持ち上げるのに必要だった、ドッコイショというしぐさを前置きに。

海千山千、という言葉を頭に浮かべながら、ミランダは二人と向かい合う場所に据えてある一人掛けソファの前まで行き、悠然とした動作に見えるように気を張りながら、二人に向かい合った。

(おや、この私が見栄えに気を張っている？　おやおや……)

一瞬、三人は二対一の視線をからめ合った。

誰が最初に口をひらくべきか、窺《うかが》い合ったのだ。

(どうやら馬鹿じゃないね)

という観察に満足しながら、ミランダはこの場の主人公としての名乗りを上げようと息を吸い込んだが、日本人客が先手を打った。

『お会いいただきありがとうございます、ミセス・セレンバーグ』

　発音は息子と同じく日本語なまりで舌足らずだが、言い方は流暢《りゅうちょう》で、東洋人特有の深く頭を下げるしぐさでのあいさつの儀礼に、たっぷり数秒を費やした。

　そのあいだ、こちらは礼儀を知っているしるしに黙って待っているしかなくて、苛《いら》っとした。品よく堂々とした最敬礼からやおら頭を上げた彼女は、静かな目つきでのまなざしをぴたりとミランダの目に当てて答礼を待った。

　一本取られた、と思いながら口をひらいた。

『ミランダ・セレンバーグです。遠いところをお越しいただいたようですわね、レディ・トウノイン』

　という呼びかけでいいはずだ。取り急ぎ調べさせた報告によれば、彼女は日本の旧華族階級の家付き娘。プライドは踏みにじるより、くすぐって役立てるべきものだ。

　女性相手なので握手は求めずに、ミランダは連れの女に目を向けた。

『ようこそ、ミセス……』

『マリア・サンダンスだよ。はじめまして』

　言いながらミセスがぬっと手を差し出してきたのは、あんたみたいなタイプの白人婆さんが黒人女の手を握れるかい、という皮肉混じりの試しのようだ。

『ようこそ、ミセス・サンダンス』

ミランダは背筋をぴんと伸ばしたまま手を伸ばし、双方の手が届きかねた距離はミセスのほうに歩み寄らせるという方法で、彼女の挑戦に応じた。

『よろしければ、お茶をご一緒にいかがかしら？』

愛想よく水を向けたミランダへの反応は、表裏一体の一枚のコインのように返ってきた。すなわち、

『ありがとうございます』

とたおやかな会釈で答えたトウノイン夫人の横で、サンダンス夫人が気色ばんだふうに小鼻を膨らませたが、連れが異議を唱える前にトウノイン夫人が続けた。

『ですが、先に用件を済ませたいと存じます』

表情も口調も穏やかだが、毅然《きぜん》として譲らない態度だった。

本物の上流夫人、とミランダは印象メモに上書きした。

喰《く》われてほぞを噬《か》みたくなかったら、西欧の伝統ある社交界の住人たちに対するのと同じていどの、用心深い会話術を駆使して向かうべき相手だ。

『では、ご用件を伺いましょう。お掛けください』

Please と口にする瞬間に、その一語をさりげなく言おうと努力した自分に気づいて、ミランダはひそかに動揺した。

主客の間柄では正当である許容の命令形に、礼儀上の言い回しである『どうぞ』を添えるの

は、ごく通常の言葉遣いであるのに、僭越《せんえつ》を犯す後ろめたさを取り繕うような引っかかり感が一瞬頭をかすめた。それすなわち、

（……威圧されている？　ハッ、馬鹿な！）

年代的には息子たちと似通った年ごろだろう、小娘とまでは言わないが一代は年下の……と思いかけて、思い直した。

成人したあとの人格には、十年二十年あるいは三、四十年の年齢差もさしたる意味はない。精神年齢が成人に達している人間ならば。そしてこの日本人女性は、そのたぐいだ。

三人がそれぞれの席に腰を下ろし、座が落ち着いたところで、レディ・トウノインが口をひらいた。

『ご存じのとおり、わたくしの息子圭《けい》と、そちらのご長男のサミュエルさんが揉《も》めております。それが契約更改の件だけで済んでおりましたら、むろん母親の出る幕などございませんでしたが、サミュエルさんは冤罪《えんざい》を作り上げて息子の名誉を貶《おとし》める策を採られました。大変遺憾な、ビジネスルールの逸脱です。

そこでサミュエルさんを監督なさる立場のサムソン・グループ総帥であり、サミュエルさんのお母上でもあられる貴女様《あなた》に、サミュエルさんのなさりようを改めさせていただくよう申し上げに参りました。お考えはいかがでしょうか』

場が場なら傲岸《ごうがん》無礼とみなされるだろう、率直過ぎる用件の切り出し方は、おそらく作戦だ

ろうが、その意図は何だろう。慎重のうえにも慎重に相手の腹の中を見透かそうと、頭をフル回転させる一方、（気取ってるつもりかね、何とも古めかしい言い回しをするもんだ）と腹の中で嗤《わら》いながら、ミランダは反論の口火を切った。

『サミュエルとミスター・ケイ・トウノインが契約更新のことで揉めている件は、もちろん耳に入っておりますよ。コンダクター・トウノインは、私どもサムソン・グループが総力を挙げて売り出してきた、クラシック部門では指折りのスターですからね。

しかし、冤罪だの名誉毀損《きそん》だのというお話は、いったい何のことやら。

ああ、いえいえ、ミスター・トウノインが不名誉な罪状で訴えられているのは知っていますけれども、そのこととサミュエルが関係しているかのようなおっしゃり方は、こちらのほうこそ大変遺憾ですよ、レディ・トウノイン』

このクソババア、と腹の中で吐き捨てながら、マリア・サンダンスは、ジャブの応酬といったところだろうこの前哨戦《ぜんしょうせん》に、ハナコ夫人がどうやり返すだろうかと半ば期待し、半ばは危ぶみながら耳をそばだてた。

目の前に座っている小柄なユダヤ人の婆さんは、上品そうな見かけに騙《だま》されちゃならない、駆け引きの化け物だ。白髪頭をきれいに結い上げて、着ている物もシックで上等、BBCのテレビドラマに出てくるイギリス貴族の老婦人みたいに見えるが、この人種特有の鉤鼻《かぎばな》が見違えようもなく出自を教えている。

あの鼻は、金儲《かねもう》けや利益不利益の匂いをするどく嗅《か》ぎ分けて、得になる話にはハゲタカ同様意地汚く飛びつくが、自分の損になると見たら相手が誰だろうと、地獄の犬みたいに吠《ほ》え立ててえげつなく追い払う。

（ジュウってのは、そういうやつらだよ、ケイのおっかさん）

マリアのそうした考えは、十二人の養子を抱えた貧しい暮らしの中で、しばしば世話にならざるを得なかった、ハーレムの金貸しとのつき合いが持たせたものであり、彼女にとってのユダヤ人というのは、たしかにそうした存在であったのだが。

『母親が息子のことをすべて理解しているとは限りませんことは、わたくしも知っています』

ハナコ夫人は、ミランダへの切り返しをそう始めた。

『何もご存じなかったのでしたら、驚かれるのも当然ですが、セレンバーグ様のお耳が何も聞こえないほどに衰えていらっしゃるとも思いません。ですので、ご子息様のなさりようをご存じのうえで、母親の情としておかばいになるのだと、わたくしは考えます。

そして、それは間違いだとご忠告いたします』

言葉遣いは妙に角ばっていて聞いていると可笑《おか》しくなるが、なかなか達者なアメリカンをしゃべるハナコ夫人は、法廷ドラマで活躍する女弁護士のようだ。しかも見かけによらず真っ向からのストレートで打って出る。マリア好みの喧嘩《けんか》のやり方だった。

『私が何を間違えているって？』

ミランダ婆さんがわざとらしい猫なで声で言い、ハナコ夫人は真正面から答えた。

『ご子息様は人倫の道をはずれています。母親のあなたが取るべき道は、ご子息様をかばうのではなく、叱って正すことではございませんか？』

二発続けてのストレートパンチに、婆さんは歳甲斐《としがい》もなくカッとなった。

『まるでサミュエルが犯罪者のような言い方だね、レディ？　罪を犯したのは、あんたの息子のほうじゃないか。それも年端もいかない男の子をベッドに引きずり込むなんていう、変態の上の変態の恥ずべき犯罪者として訴えられてる！　あんたのほうこそ、息子を育てそこなったろくでなしの母親じゃないか。おかしな言いがかりはよしとくれ！』

いや、わざと大げさに鼻っ柱に咬《か》みついて、相手を引っ込ませる作戦だろう。

ハナコ夫人は落ち着き払った顔のまま、毅然と言い返した。

『お言葉ですが、圭は、あなたがおっしゃるような罪は犯しておりませんわ、ミセス。事件そのものが、ご子息に着せられた濡《ぬ》れ衣《ぎぬ》です。ですから、こうしてお話しにまいりましたのよ。それともセレンバーグ家では、意に従わない者にはどのような仕打ちをしてもよいと教えてお育てになるのですか？』

Oh、カウンターパンチ！　マリアは腹の中で喝采《かっさい》を送ったが、手痛かろうパンチが決まったことで、婆さんは本気の喧嘩モードになる。こっから先がキモだよと思いつつ、マリアも内

もんだ。

ところが婆さんは乗ってはこなかった。一瞬で態勢を立て直して、何食わぬ善人顔で言った

心で拳《こぶし》を固めた。

『失礼ながらレディ、この話は水掛け論にしかなりませんわね。濡れ衣か、そうでないか、そのための裁判ですから、裁判の結末を待ちませんと、どういったお話もできないと私は思いますよ。それに正直なところ、感情論をぶつけ合って不快な時間を過ごしましても、おたがい益はないと存じますの。そうではございませんこと？』

仕返しのカウンターパンチというより、足払いが決まったような格好だった。ボクシングなら反則だが、これは無差別格闘技だ。蹴《け》りも足払いも、投げ技だってありなのだ。

食らったハナコ夫人は動揺し、婆さんはもちろんつけ込んだ。

『それとも、確かな証拠がおありなんですの？　でも、それでしたらむしろ堂々と裁判で決着なさったほうが、名誉回復にもよろしいんじゃございません？』

婆さんは、裁判が危ういので身内を揺さぶりに来たのだと見抜いていた。

あたしの出番だ、とマリアは腹に息を溜《た》めた。

『証拠はそろうよ。あんたの息子が汚い手を使って、ケイを罠《わな》にかけたって証拠がね』

まずはそうぶちかまして、続けた。

『つまり、このまま裁判を続けりゃ恥をかくのはそっちだってことさ』

婆さんがぐるっと鉤鼻をこっちに向けた。分厚い老眼鏡の奥の色の薄い目が、意地悪そうにマリアを見やる。

『どんな証拠をそろえるつもりなのか、ぜひ聞かせてもらいたいもんだが、その前にミセス・サンダンス、あんたのことを伺いたいね。

ミスター・トウノインのナニーか何かかい？　使用人風情の出る幕じゃないと私は思うが、それがトウノイン家の伝統だっていうんなら、まあ口ぐらい利かせてやろうじゃないか』

相手をムカつかせる言い方をよく心得た婆さんだ。やり返そうとしたら、

『マム・マリアは、圭のニューヨークでの親代わりですわ』

ハナコ夫人がそう口をはさんで、つけくわえた。

『夫とマリアさんは面識もございませんから、誤解なさいませんよう』

それから、フッと声音を改めて続けた。

『お時間をいただいたのに失礼ですが、ミセス・セレンバーグ、わたくしは少し思い違いをしていたようです』

何を言い出す気だい!?　思わず隣の横顔を振り向いたマリアは、夫人の美貌《びぼう》が酔っぱらいのように耳まで真っ赤なのを見てぎょっとした。

その顔を何とも恥ずかしそうに伏せて、ハナコ夫人が言った。

『ミセス・サンダンス、ごめんなさい。わたくしたち、ここへは母親同士の話し合いをしに来

たつもりでおりましたが、先祖代々商人として生きてこられたユダヤの方のお考えでは、交渉ないし取引として臨むべき場でございましたのよ』

そして婆さんに向かって、小さく会釈した。

『郷に入っては郷に従えと申します。あなたの流儀で、もう一度お話しいたします』

それからマリアに変なことを頼んできた。

『ゴスペルソングがお得意だと伺っています。一曲ご披露いただけますか？』

『はあっ!?』

呆《あき》れて目を剝《む》いたマリアに、ハナコ夫人はクリムゾン・カラーの口紅が映える形のいい唇の両端をくいっと上げてみせた。笑みのように見せて（命令です）と伝えている表情には、とっさに（従ったほうがいい）と感じるような怖さがあった。

『ミセス・セレンバーグ、お許しいただけますわね？』

にっこりと向けられた笑みに婆さんが見たのが何だったのかは、婆さんの顔つきからはうかがえなかったが、ともかく婆さんはかまわないと答えた。

『ではミセス、お願いいたしますわ』

『い、いいよ』

さっき一瞬で気圧《けお》されたままの、逆らえない気分でマリアは立ち上がり、せめてものプライドでリクエストを聞いた。

『《アメイジング・グレイス》はいかがかしら』

元奴隷商人だったニュートン牧師が、悪党だった自分を赦《ゆる》して改悛《かいしゅん》の道をお与えくださった神の恩寵《おんちょう》への、感謝の思いを詞にした讃美歌《さんびか》である。

ふさわしいかもしれないと納得して、マリアは歌い始めた。

……驚くべき恵み！（なんと甘美な響きよ）私のように悲惨な者を救ってくださった
かつては迷ったが　いまは見つけられる　かつては盲目であったが　いまは見える……

『ではミランダ・セレンバーグ総帥、わたくしたちの第二ラウンドを始めましょう』

すっと立ち上がったハナコ夫人が、テーブルをまわって婆さんのところへ行った。隣の椅子に腰を下ろして、耳の悪い年寄りと話すときには誰もがするように、婆さんのほうへ顔を寄せた。

ハナコ夫人が婆さんに近づくのを見て、メイドと秘書がぎょっとなったのを、マリアは見て取った。婆さんがしわ顔を緊張にこわばらせるのも。

（殴りゃしないさ。たぶんね）

歌いながらマリアは思い、婆さんに（落ち着きな）と身振りしてやった。もっとも婆さんはハナコ夫人をにらみつけていて、マリアのしぐさは目に入らなかったようだが。

秘書がメイドに何かささやき、メイドが急いで部屋を出て行った。

（ガードマンでも呼びに行ったのかい？　馬鹿馬鹿しい）

可笑しがりながらマリアは歌い続け、ハナコ夫人が婆さんに話し始めた。だがこっちは歌っているし、夫人は婆さんの耳元に顔を寄せて小声でしゃべっているので、何を言っているのかさっぱり聞こえない。

（まあ、いいさ。この場はあんたに任せよう）

しゃべっている夫人の顔は穏やかで、熱心に説得しているというより、年寄りの暇つぶしに四方山話《よもやま》でもしてやっている感じだったが、婆さんの顔つきが険しさを増したところを見ると、それなりの交渉をしているのだろう。

と……婆さんがすっと表情を消して仮面のような顔になった。

ちょうど一番を歌い終えて、マリアはたっぷりと息継ぎの時間を取るふりで耳を澄ませた。

フフ……と夫人がお上品に笑うのが聞こえた。

『圭は母方の血が濃くて、わたくしの父にそっくりですの』

もっと聞きたかったが、息継ぎの間が空きすぎる。マリアは仕方なく、せいぜい熱をこめて二番を歌い始め、夫人は静かに話し続けた。

乱暴にドアがあいたのは、そのすぐあとだった。黒いスーツを着込んだ剣呑《けんのん》な雰囲気の男が三人、どかどかと踏み込んで来た。

おっかさんは一瞬キッと表情を凍らせたが、男たちを振り向く前に自制した。氷が溶けるように作り直した感じのいいほほえみ顔は、彼女の武装なのだと気がついた。

レディ・トウノインが席を立ってこちらに来るのを見て、ミランダは当然警戒した。交渉も取引も、言葉のやり取りだけでは収まらなくなる場合もあることは、経験上よく知っている。

仕事が欲しい、あるいは干された仕事を取り戻したいといった用件で訪ねてくる者たちの中には、必死のあまり（あるいはミランダを女だと見くびって）暴力も辞さない態度を剝き出しにし、腕や肩や胸倉をつかんで来たり、手を振り上げたりする人間もいる。

メイドも秘書も長年仕えているベテランで、そういう場面も見てきた者たちだから、ミランダと同様に起こるかもしれない危険を察知した。その彼女たちがとっさの対応を遅れさせてしまったのは、レディ・トウノインのふるまいに殺気立ったところはなかったせいだ。

すっと立ち上がって楚々《そそ》とやって来て、ミランダの隣の空いている椅子にするりと腰かけた。その一連の動作は、熟練の舞台ダンサーのようになめらかで美しく、ミランダに向けた慎《つつ》ましやかな笑みもまた暴言とさえ無縁に見えた。

それでも、メイドがすばやく部屋を出て行ったのを見て、安堵《あんど》を覚えたのも事実だ。すぐにガードマンが駆けつけてくる。

『ミセス・マリアに歌っていただいているのは、この部屋を監視している方たちには聞かせる必要がない話をするためですわ』

ぎょっとするほど耳元近くでレディがささやき、振り返ったミランダににっこりしてみせな

から少し体を引いた。

『取引いたしましょう、ミセス・セレンバーグ』

『ほう？　妖婆《ようば》ミランダに取引を持ちかけるとは、度胸がいいのか世間知らずなのかね』

『どちらも当てはまるんじゃございません？』

ですから怖いもの知らずですと、弱点を逆手に取る気でいるようだ。面白い。

『聞こうじゃないか』

『あなたの本音は存じているつもりです』

レディ・トウノインは何とも大胆な切り込み方で話を始めた。

『ご長男は、ご両親が築き上げた信用を食い潰《つぶ》すだけの俗物ですわ。その証拠は、伴侶《はんりょ》の選び方にも見て取れます。けれども伝統を重んじるご一族の殿方たちは、長子相続にこだわってあなたの判断を問うこともなさいませんね？　人柄も経営力にも優れたご次男に跡目を取らせたいという、あなたのひそかな希望は、ご一族の前では口にもお出しになれない。なぜなら、あなたは外からセレンバーグ家に嫁いだ立場の方であり、女性であるからです。

ご夫君亡き後、サムソン・グループを率いて大きく発展させたのは、妖婆などと呼ばれるほど髪振り乱して奮闘してきたあなたですのに、夫の一族の皆様には何かと遠慮を尽くさなければならない。ご同情申し上げますわ。

けれどもミセス、セレンバーグ一族の名誉と将来を守る決断を、なすべき時が来ています。

あなたが選択を誤れば、ご一族は裏社会に根を張った芸能マフィアと見なされるようになりましょう。わたくしの息子が裁判に勝てば、確実にそうなります』

口をひらこうとして、思わずぐびりと音を立てそうになった喉《のど》を、必死でこらえた。なかなかパンチの利いた前置きだが、前置きでは勝負は始まらない。

『それで？　あんたがゴシップ紙やらの熱心な読者で、想像力も豊かなのはよくわかったが、かんじんの取引の中身を聞こうじゃないか』

そろそろガードマンたちがやって来るころだし、秘書やメイドの聞き耳をいつまで塞《ふさ》いでいられるかはわからない。

『機を逃さずに、サムソン総帥としての判断を下してください。見返りとして、サムソン社を名誉毀損《きそん》で訴えることはしないよう、息子を説得します』

『ふむ……』

正直に言って、ぴんと来る話ではなかった。わかるのは、レディ・トウノインが手の中に隠し持っているカードがあり、それらを綴《つづ》り合わせたところから出て来る提案だということ。

だが、カードの中身がまったく推測できないことは知られてはならない。知られずに、向こうの手の内を何とか読まねばならない。そのためには、とにかくいま何か言わないと……

『説得する、ってことは、まだミスター・トウノインは承知してない話だってことだね』

『あの子は承諾いたしますわ』

言って、レディ・トウノインは自信たっぷりにフフッと笑った。ちょうど歌声が途切れたときだったので、その笑いは秘書の耳にも届いただろう。

『圭は母方の血が濃くて、わたくしの父にそっくりですの』

そう続けたレディの声も。

ミセス・サンダンスとやらが続きを歌い始め、ミランダは聞き耳がさえぎられたことにホッとしながら聞き返した。

『そりゃどういう意味かね？　私はオールド・トウノインは存じ上げないんでね』

『名誉心や義務感にきびしい人で、率先垂範する自尊心を黙々と守り通した家長です』

『誇り高く厳格な父親ってわけだ』

『自分に厳格なのであって、他人を支配することは好みませんので尊敬されております』

『ご立派な人格者ってわけだ』

『欠点は多い人ですのよ』

小娘のように笑ったレディが何か続けようとしたときだった。

バンッとドアがあいて、どやどやと踏み込んで来たのはガードマンたち。秘書の身振りでの指示で、こちらへ駆けつけてこようとした。

『なんだね、騒々しい！』

一喝して足を止めさせた。歌声もやんで、ホッとした。彼女のゴスペルは素人にしては悪くもないが、声量があり過ぎてうるさい。

ともあれ先頭をやって来ていたチーフのエバンズをにらみつけた。

『見てのとおり、お客様と話し中だよ。それとも何かあったのかい』

『あ、いえ。総帥がお困りだと』

『何も困っちゃいないよ。お下がり』

『はあ……』

不服そうなエバンズの大柄越しに、メイドを呼んだ。

叱られると思っているのだろう、びくびくしながら進み出て来るのを横目で眺めながら、ミランダは愛想よく言った。

『ところでレディ、そろそろお茶をいかがかしら？　歳を取ると、しょっちゅう喉が渇くのよ。つき合っていただけるとうれしいわ』

『ありがたくいただきますわ』

『スーザン、お茶をお願い』

『かしこまりました』

小言を食らわずに済んでホッとしたのを顔に出すまいとしながら、メイドがうやうやしくお辞儀をして言った。

『こちらへお運びしますか？』

『サンルームがいいわね。今日は日差しじゃなく雪が降ってますけど、ニューヨークの雪景色はなかなか悪くもないのよ、レディ』

『お供いたしますわ』

立ち上がろうとしたら、レディが手を貸そうとしたので、No, thank you としぐさした。

『その役目はサマンサの仕事だわ。ありがとう』

レディは秘書に場所を譲って引き下がり、ミランダは腹心に耳打ちできる隙を得たが、持ちかけられた取引は他人を介在させるべきものではなかった。

ああ、あれは私が考えて、私が判断することだ。

役割は秘書の域を超えて執事に近い、公私ともの側近として仕えて二十年近くなるサマンサは、余計な口は利かない分別を身につけている。目交ぜも控えて黙って介添えを務めた。

おっかさんと婆さんの内緒話がどうなったのか、マリアにはさっぱり見当もつかなかったが、ともかく場所を変えてお茶を飲むことになって、おっかさんと婆さんが席を立った。杖《つえ》を片手によちよちと歩き出した婆さんにおっかさんが続き、マリアも倣った。

黒人はお断りだと言われやしないかと心配だったので、なおさら肩を張って堂々と歩いたが、幸い誰もそうした無礼は言わなかった。

婆さんの案内で連れて行かれたのは同じフロアの一室だったが、まるで植物園の温室のようだった。ドアを入って突き当たりは一面がガラス壁で、そちら半分の天井もガラス張り。そしてガラス壁のすぐ向こうに雪をかぶった木立が見えているのは、庭園が造られているのだ。

『ペントハウス……ってやつかね』

高層ビルをエレベーターで上がってきたのだから、ここは噂に聞いたことはある屋上の高級住宅というやつなのだろうが、

『……贅沢《ぜいたく》なもんだねェ』

ガラス壁に近づいて眺めてみれば、ガーデニングしたベランダといったこぢんまりしたものではなく、散歩道らしいものまで造り込まれた、まさしく空中庭園なのだ。

『陽気がいい時分には外でのお茶も楽しめるんだけど、あいにく年がら年中、風が強くてね。でも自慢のイングリッシュ・ガーデンなのよ』

婆さんがよちよちと隣にやって来て、なんのつもりか問わず語りにしゃべり始めた。

『私の両親はロンドンの郊外に庭付きの家を持っていてね、自分で世話をして咲かせるバラが母の自慢だった。戦争中にドイツ軍の爆弾が落ちて、家も庭も……何もかも失くしてしまったけれどね』

『ロンドン大空襲のときですか？』

ついて来ていたおっかさんが静かに尋ね、婆さんは語り出した。

『一九四〇年九月七日……最初の大空襲の日だよ。その夕方、私は大伯母《おおおば》の家に、母が作った

パイを届けに行っていた。土曜日にはいつもそうする習慣だったんだよ。大伯母の家は、町の真ん中を流れる川の向こう側でね、教会の近くの小さな橋を渡っていくんだ。

いつものようにお茶とクッキーをごちそうになって帰ろうとしたら、空が赤かった。夕焼けじゃない、南の空の下半分が赤いんだ。私は大伯母を玄関の外へ呼んで、空の色が変だと教えた。近所の人たちも気がついて、みんな外へ出てきて空を眺めていたが、誰も何が起きているのかわからなかった。ロンドン市内の方角だ、火事のようだと言ってる者はいたけどね。

暗くなりかけてたんで、私は急いで家に帰ろうとした。橋の手前まで行ったとき、頭の上の高いところから甲高い音が聞こえたと思うと、川向こうの家並みの中からいきなり火柱が噴き上がった。何本も何本も、次々と火の柱が突き上げては消える。

……そのとき私は、きれいだと思って見てたんだ。それが両親や弟たちや家や庭を焼き殺してる爆弾の火だなんて、思いもつかなかったんでね』

婆さんが黙ると、硬い沈黙が居残った。

『……おいくつでしたの？』

おっかさんが小さな声で聞いた。

『私かい？　十七だったよ』

『…………おつらかったですね』

『ナチに捕まった同胞たちよりはマシだった。私も、たぶん両親たちもね』

ああ……そうか、とマリアは悟った。この婆さんは、あたしらは戦争映画やテレビ番組でしか知らない、あのヨーロッパの大戦を経験してるんだ。ヒットラーのナチスがユダヤ人たちに何をしたか、あたしらはラジオやテレビで流された話しか知らないが、この婆さんは身に迫る恐ろしい体験として味わってきている。

ふと頭に浮かんだゴスペルを、婆さんのために歌ってやりたいと思ったが、「誰も知らないあたしの苦しみだが、イエス様だけは知っていてくださる」というあの歌が、ユダヤ人の婆さんのなぐさめになるかどうか、マリアにはわからない。たぶんユダヤ教徒はイエス様の歌は好かないだろうという気がしたので、代わりに言った。

『あたしは経験してないが、戦争の中で生き延びるってのは、ただの貧乏よりつらいことだったんだろうねえ』

婆さんは振り返らないままニッと口の端を持ち上げ、からかい声で答えた。

『黒人とユダヤ人のどっちが苦労したかなんて、不幸自慢みたいな話はごめんだよ。とくにティータイムの話題にはね、ごめんだ、ごめんだ、まっぴらさ』

そしてくるりと向き直り、よちよちとテーブルのほうへ歩き出した。

レース編みのテーブルクロスを掛けた小ぶりな丸テーブルの上には、高そうな陶器の絵皿に盛った高級クッキーやチョコレート菓子や取り皿が並べられ、さっきの部屋にもいた黒い服に真っ白いエプロンをつけたメイドが、銀器のティーポットや砂糖壺《つぼ》やミルク入れを載せたワゴンの横に立って、お茶を注ごうと待ち構えている。

近づくと、焼き立てらしい菓子の香ばしい匂いがした。婆さんはいい暮らしをしている。

テーブルの周りに三つ置かれた椅子に、それぞれ腰を下ろした。マリアが座った椅子は、お尻《しり》の下でギシッと苦しげな音を立て、ちょっとばかり気恥ずかしく思った。

メイドが菓子皿と揃いの柄のカップに注いだお茶を配り、婆さんが愛想よく二人に菓子を取るように勧めて、ティーパーティーが始まった。

『私は日本のことはほとんど知らないんだけど、いまもエンペラーがいる国なのよね？』

『ええ。日本語では「テンノウ」と申し上げますが、こちらでは古い呼び名の「ミカド」のほうが知られているかも知れません。その名前のオペレッタがございますでしょう？』

『あのミカドが、日本のエンペラーなの？』

『ああ、いえ、日本はあんなおかしな国ではありませんわ、テンノウ陛下も』

おっかさんが可笑《おか》しそうに笑い、中国を舞台にしたオペラ《トゥーランドット》が嘘っぱちなのと同じだと説明したが、マリアにはさっぱりわからない話だった。

『ともかくエンペラーはいて、でも華族制度は廃止されたのね』

『ええ。太平洋戦争で日本はアメリカに負け、アメリカは「大日本帝国」を解体して民主国家に作り直しました。そのときにテンノウと皇室は国の象徴として残されましたが、帝国の支配層だった華族という階級は廃止されました。一九四七年です』

『ではお父上は爵位をお持ちだったのね？』

『子爵でした』

『じゃあ、お城を持ってるのかい？』

黙って聞いているだけではつまらないので、そう口をはさんだマリアに、おっかさんはきれいに笑って言った。

『日本の華族制度では領地は与えられませんでしたので、お城は持ちませんわ』

『華族も廃止になっているなら、スキャンダルで家が潰《つぶ》れることもないわけね』

婆さんがさりげないふりでそんなことを言い出し、マリアは（第三ラウンドだね）と身構えた。よおし、どうとでも来な、こんどはあたしが相手だ。

おっかさんはにっこりとほほ笑み返した。

『ケイには後ろめたいところはございませんわ。お気づきかどうか存じませんが、桐院《とういん》家は誇りを重んじる血筋ですの』

『エンペラーに仕える貴族の家柄だった、というのはわかりましたよ。けれども貴族が道徳的な連中だという言い分には従えませんわねェ』

婆さんのあからさまな攻撃に、

『否定はいたしませんわ。とある民族や身分の人々の性質を、ひとくくりに言い表せる言葉などございませんから』

おっかさんは巧《うま》い当てこすりで返した。

『それでも、トウノイン家だけは別だとおっしゃるの？』

婆さんが猫なで声でからかい、

『そのとおりですわ』

きっぱりとおっかさんは言い切った。

『誇りを守るためには、犠牲をいとわない家ですの。家名に傷をつけるよりは完全犯罪を選びますし、それができるだけの術数も心得ております。

もしも息子が、言われているような行きずりの悦楽を望んだならば、けっして証拠など残しはいたしません。まして相手に訴えられるようなしくじりなど』

『そりゃ、ずいぶんな悪党ってことだわねえ？』

婆さんはますますにこやかに言い、おっかさんは真面目な顔でうなずいた。

『善人の家系でしたら、千年も生き延びてはおりませんもの』

『千年！』

思わず唸《うな》ったマリアの向かい側で、婆さんが笑い出した。

『おっほほほほ、そりゃァあなた、ますます無実だなんて信じるわけにはいかないじゃありませんか』

『そうでしょうかしら？』

この奥様はいったい何がやりたいのやら……さんざん小難しいことを言ってたが、じつは頭が悪いのかもしれないと疑い始めたマリアの横で、おっかさんはおっとりと言葉を継いだ。

『わたくしの夫は、勤勉で実直な正直者で、まさしく善人の鑑《かがみ》のような人ですけれども、もしも父が過ごしてまいりましたような……つまり太平洋戦争前後のきびしい動乱期のことですけれども、あの時代に当主を務めたのが夫でしたなら、銀行も家もいまに残ってはおりませんでしょうね。

人が善いだけでは生き抜けないというのは、きびしい歴史を過ごしてこられたユダヤの皆様には当然の観念だと思いますけれども』

『つまり、あなたの息子はユダヤ並みに抜け目がない人間だと、そうおっしゃりたいの？』

『少なくともサミュエル社長よりは抜け目なくふるまっておりますわ』

『品のないゴシップ紙に何度も取り上げられてますけどね』

『サミュエルさんと懇意の新聞だそうですわね』

パンチの応酬は互角っぽいが、あんまり効いてないようだとマリアは思った。いつのまにか婆さんはなにやら機嫌のいい顔になっているのだ。

『ディビッドとご子息は仲がいいようね』

二杯目の紅茶を注がせながら、婆さんはまた猫なで声を出した。

『あの趣味さえなければ、あれもいい息子なんだけれど』

『まあ、おたく様もご次男様が？』

おっかさんは驚いた顔をしたが、たぶん芝居だろう。

『趣味という言い方は少し意味が違うと存じますわ、ホモセクシュアルは』

マリアはぎょっとした単語をおっかさんは平気な調子でずばりと言いきって、続けた。

『主には生涯の伴侶《はんりょ》と誓い合ったお相手がおりますから、ディビッドさんとはただのお友達でございましょう』

『でも日本の写真雑誌に載ったのでしょう？』

『ごらんになりたければお送りしますわ。おかしな書き方の記事さえついていなければ、ごくふつうの写真ですのよ』

『その雑誌もサミュエルと懇意だなんておっしゃらないでしょうねえ』

『ラスベガスのカジノで日本人にお金をお貸しにならなかったか、お尋ねになってくださいまし な。そう大金ではなく、三十万ドルていどのことだったようですけれども』

ムッとするだろうと思った婆さんは、ホホホと笑い飛ばして言った。

『あれこれよくお調べのようだけど、自分のまつ毛は見えないというわねえ』

『コンサート・ホールの通路に落とし穴が掘られていれば、あなたでもお落ちになると思いますわ』

思い浮かべて、マリアはぷっと吹き出し、

『すてきに気取りまくった格好でね』

とつけくわえてやった。

『ヘタすりゃハンサム自慢のエスコーターも道連れだわな』

婆さんは気を変えるようにクッキーをつまみ取った。

『ところで、さっきの提案にはさほど旨味《うまみ》はないんだけどね』

マリアは耳をそばだてた。提案だって？　何を言ったのかね。

『サムソン社やあなたは、泥をかぶらずに済みますよ？』

澄ました顔で答えて、おっかさんは言い添えた。

『お仕置きが必要なのは、悪戯《いたずら》坊やと、坊やを甘やかしてきた方たちで、責任がない人々にまで累を及ぼすこともないのではございませんこと？』

それから、ためらうように一息置いて続けた。

『サムソン・ミュージック・エージェンシーは、ミランダ様の長い間のご努力で、世界トップの実力を誇る会社になっておられるとか。もはや成り上がり者といった陰口も音をひそめていると聞いておりますが、人は王者には王たる品格を求めるものですし、あら探しの噂話は口さがないものです。クイーン・ミランダの治世は、いつかは終わるものですし』

『ご親切なご忠告ね』

皮肉たっぷりな婆さんのイヤミに、おっかさんは小さく会釈してみせた。

『SMEには息子がお世話になりましたから』

おっかさんが口を閉じると、サンルームはしんと静かになった。

婆さんはガラスの向こうの雪景色を眺めるふりで、何か考え込んでいる。

おっかさんも雪景色を見つめたまま黙っている。

マリアは口どけのいいチョコレートをもう一つ口に入れ、高級品のとろける美味《うま》さを舌にしみ込ませた。

やがて、おっかさんがマリアを見返って言った。

『だいぶ長居をいたしましたわ。そろそろ失礼いたしましょう』

『話はついたのかね』

『そのように思います』

『そうなのかい？　あたしにはそうは思えないが。取引するのかしないのか、ちゃんと返事を聞くまでは、あたしは帰らないよ』

『あんたは、明日《あした》にしか店に並ばない魚に、今日カネを払うかい？　入荷する保証はない魚で、魚屋は受け取った金は返さない業突く張りだ』

婆さんはふんぞり返った胸に腕まで組んで、偉そうにやり返しを言い立て、マリアはもちろん言い返してやろうとしたが、婆さんの言い分はいちおう理屈が通っている。

そこへ、おっかさんがなだめ口調で割り込んだ。

『ミランダ総帥を信頼して、今日は帰りましょう』

『この婆さんのいったい何を信頼するっていうんだね！　ええっ⁉』

思わず唾《つば》を飛ばして咬《か》みついたマリアに、おっかさんは神の御恵みの話をするシスターのように落ち着き払って言った。

『損か得かを計る秤《はかり》を、読み間違える方ではないと、わたくしは信じます』

『そりゃジュウの金持ちは、損得の計算はぜったい間違えっこないさ！』

あたりまえだろと肩をそびやかしたら、

『ですので、もう用事は済みましたのよ』

と来た。まあ……道理ではないとは言わないが……

『帰りましょう』

言いくるめられたような腹ぐあいの据わり悪さは感じるが、反論も思いつけずに、マリアは仕方なく『そうかい』とうなずいた。

『お茶をごちそうさまでした』

おっかさんがしとやかに頭を下げたので、マリアももてなしへの礼儀は通してやることにした。

『美味い菓子だったよ。どーもごちそうさん』

だがまだ腹は癒《い》えていなかったので、歩き出しながら《ジェリコの戦い》を歌い始めた。

モーゼの後継者ヨシュアが神の予言を得て、約束の地カナンへの道を阻んだジェリコの町を陥落させる物語だ。町を取り囲む堅固な城壁は、ラッパの響きに崩れ落ちる。

腰を振り手を打って調子を取りながら、せいぜい力いっぱい歌い歌い、マリアはユダヤ婆さんの牙城《がじょう》をあとにした。

やかましい歌声が廊下を遠ざかって行くのを苦々しく聞きながら、ミランダは腹の中で、食わせ者の日本人への悪態をひとしきり毒づいた。

あの女が持ちかけて来た取引は、セレンバーグの長老会議あたりに漏れるなら、ミランダの立場さえ微妙にする危険をはらんでいる。

しかも、なお厄介なことに、理屈は通っているのだ。

サミュエルのかんばしくない行状は、もちろんミランダの耳にも入っている。粗野で傲慢《ごうまん》でカネと女に目がなくて、横暴にふるまうのが男の値打ちのように思い違え、陰では数々の後ろ指を指されている困った息子……死んだ夫によく似ている息子……

アメリカ風にジョージと改名していたジョシュア・セレンバーグは、一九五八年、ミランダが三十五歳のとき、ジョービジネスの商売敵だったマフィアの手下に撃ち殺された。商才があるやり手だったが、手段を択《えら》ばない強引さで多くの敵を作り、ラスベガスの街角で血まみれの末路をたどった。

当時、サミュエルは六歳の誕生日を迎えようとしていたが、ディビッドはまだ一歳で、父親もその葬儀も覚えていない。

ジョシュアが立ち上げたレインボー興行は、音楽関係の興行師をしていた伯父《おじ》アルバートのサムソン・エージェンシーに吸収され、夫の片腕として当初から経営に携わってきたミランダには、お情けで常務取締役の末席を与えられたが、すぐに目から鼻へ抜ける才覚をあらわして、招聘《しょうへい》交渉の第一線で活躍するようになった。

老アルバートは昔気質《むかしかたぎ》の人物で、女は良妻賢母として家庭にいるものだという考えだったが、ミランダは『亡き夫の跡を守る健気な未亡人』への周囲からの同情の目を最大限に利用して、同族会社の中での地歩を着々と築いていったのだ。

その陰には、夫と二人で作り上げた興行会社を、一族の長老会議の決定で取り上げられたことへの晴れぬ憤懣《ふんまん》があった。彼らはミランダには何の権利もないとばかりに、彼女が夫を支えて創業し経営してきた会社を、彼女には一言の相談もなしに伯父に渡してしまったのだから。

その後の十年は、サムソン・エージェンシーを手中に収めるための暗闘の日々だった。長老会議の反対を躱《かわ》してサムソン・レコーズを立ち上げ、ちょうど始まっていた業界の上げ潮に乗って買収に次ぐ買収を強行した。容赦ない弱肉強食で大きくしたレコーズの財力をバックにして、老アルバート亡き後の後継者指名に勝利した。

念願のサムソン・エージェンシー社長の座を手に入れたミランダは、社名をサムソン・ミュージック・エージェンシー（ＳＭＥ）と変えてさらに手を広げ、欧州ＳＭＥなどの関連子会社を次々と立ち上げて『女帝』と呼ばれ、欧米の音楽興行界を席巻するにしたがって『妖婆《ようば》』とささやかれるようになった。

それは同時にミランダが歳を取ったという意味でもあり、レディ・トウノインがいみじくも言ってのけた『治世の終わり』が近づいていることは、ミランダ自身よく承知している。

残された仕事は、巨大な複合企業体となったサムソン・グループの次の総帥を選ぶことであり、長老会議は早くも三十年前から結論を出していた。ユダヤの伝統である長子相続の定めどおりに、父親の財産は長男が継ぐのが正当であると。

家父長制の考え方が支配するそこでは、ミランダは、亡き夫の遺産を、相続人である長男に渡すために守っている立場であり、後継者を選ぶ権限はないものと了解されていた。

実際これまでに三度、ミランダは長老会議から息子に代を譲れという勧告を受けてきた。

サミュエルが二十歳になったときが最初で、そのときにはＳＭＥの社長に就任するにはあまりに若すぎると退けた。その代わりにレコーズ（ＳＭＲ）の副社長に据えた。長老たちの手前、そうせざるを得なかった。

そして、次期当主を操りたい親族たちにちやほやと甘やかされて、すでにいっぱしの浪費家ぶりを見せていたサミュエルは、破竹の勢いで成長する会社から甘い汁を吸うだけの、お飾り副社長の地位を存分に謳歌《おうか》した。

……ああなる前に、もっと子育てに気を配っていればという後悔はある。仕事に気を取られていたせいで、ミランダを嫌う一族がひそかに寄ってたかって、サミュエルを自堕落で贅沢《ぜいたく》好きな暴君に育て上げていたのを、見逃してしまったのは事実だ。

だが母親の責任は忘れてなどいなかったし、努力もしていた。その証拠に、次男だったおかげで悪い取り巻きがつかなかったディビッドは、ミランダの躾《しつけ》をきちんと身につけた真っ当な人間に育っている。

どういうわけかゲイなのは悩ましいが、それ以外は申し分のない、よく出来た息子だ。

……しかし長老会議は、あくまでもサミュエルを推して譲らない。もしかして、自分が築き上げたものを瓦解《がかい》させたいがための策謀かと疑ったこともある。母親の業績を、息子に食い潰《つぶ》させるというのは、身の程知らずにのし上がった女への何よりの鉄槌《てっつい》ではあるまいか？

もっともサミュエルにも経営の才はある。教養や品性では大きく弟に劣るが、商売は儲《もう》けさえすればいいのだという粗暴な信条を、強引な手腕でカネに換えていく彼のやり方を、頼もしいと見ている同類たちも多い。汚かろうがカネはカネだという、金の亡者どもだ。

そうした連中は、実業家としてのシビアな手段は辞さないが、汚い商売とのあいだに引いた一線は毅然《きぜん》と守るミランダを、とにかく早く追い落としたかった……

次に長老会議が動いたのは彼が三十歳になったときで、もう若すぎるという口実は立たなかったが、サミュエルが迂闊《うかつ》にもハリウッドを巻き込んだ女性スキャンダルを起こしたせいで、ミランダはＳＭＲの社長の椅子を譲るだけで切り抜けた。

そして三度目はサミュエルが四十歳を迎え、女遊びを切り上げる宣言代わりに結婚したとき。長老会議はミランダに、これを機に引退するべきだと勧めた。以前のような強気の勧告ではなかったのは、長老たちのほうの代替わりが進んで、ミランダより目上の立場にいる者は二人しか残っていなかったからだ。

ミランダは、あと三年だけ様子を見たいと返答し、長老会議は了承した。当時ミランダは、七十歳を目前にして体調を悪くしていたので、無理に引退させなくとも自然の摂理が働くだろうと期待したのかもしれない。

だが結果として賭《か》けに勝ったのは、ミランダのほうだった。三年のあいだに目上の長老二人が病没して、会議は彼女への強制力を失い、引退話はうやむやになった。

しかし、そろそろ後がない。老いは鋭敏だった頭脳をにぶらせ、体力も気力も年々衰えていく。後継者にすべてを託して身を引く時期が来ていることは、この数年来ひしひしと感じていたし、本音では、さぞやのんびりできるだろう隠居暮らしにあこがれてもいる。

（だけど、あの子にすべて渡してしまったら……）

サムソン・グループはどうなる？　金のなる木だからと大事にするタチならば心配ないのだが、なっているリンゴをもぐことにしか興味がなくて、収穫を得るためには世話が必要なことなど考えもせず、実りが悪くなった木は用無しだと放り出すに違いない子だ。目先の贅沢のための金欲しさに会社を切り売りするのも平気だろうし、抱えているアーティストたちのあつかいも同様だろう。

芸術への尊敬心など微塵《みじん》もないあの子のことだ、すべてを金になるかならないかで量り、質のいい若木を手間暇かけて大物に育てようとするディビッドのようなやり方は、否定されるだろう。育てるべき才能を性急に搾れるだけ搾り取り、旨味《うまみ》が失《う》せればポイ捨てする、使い潰しの人食い芸能会社……ＳＭＥにはいまですらそんな悪評がささやかれているが、曲がりなりにも監督の目を光らせてきたミランダから自由になれば、あの子はいまより酷《ひど》い奴隷農場の主となるだろう。

手塩にかけて世界に冠たる大樹にまで育てたサムソンが、悪辣《あくらつ》な白アリの巣となって倒壊するのを見過ごすような後継者選びには納得できない。

（だったら道は一つだろう……）

そうなのだ、わかっている。手立てを作ってサミュエルを排除し、ディビッドを玉座に据えればいい。

（それは、やれることだろう？）

そう、いまならばやれる。サミュエルの強大なバックだった長老会議が、ミランダに対する実権を失ったいまなら、『女帝』の鶴の一声で後継者は決められる。

（なのに、なぜそうしない？）

……可愛いからだ。結局のところは、サミュエルが可愛いからだ。性根はギャングのボスまがいの放蕩《ほうとう》者の暴君でも、あれも私の息子だからだ。

――いつもだったら、思考はそこまで止まりだった。泥沼の底に沈み込んだ碇《いかり》が、にっちもさっちも動かなくなるように、そこで考えは留《とど》まってしまい、その先に見つけるべき結論にまで行き着けない。

ところが今日は、ずぶりとまだ沈んだ。

(ほんとうに?)

と問う声があったのだ。

(ほんとうに、あの子が可愛い?)

だって、私の息子だもの。私がおなかを痛めて産んだ子だもの。

(そうかしら。ほんとうは、可愛いのではなくて、怖いのではないの?)

息子が? サミュエルがかい!? あの子だって、私にだけは逆らえない。裏ではベロを出してたって、表面だけのことだって、あの子にも私の命令は効くんだ。怖いわけがない!

(憎まれるのが怖いのではないの?)

え……

(跡を継がせないと決断することで、あの子に憎まれる。それを恐れて決められないのではないの?)

……あの子はとっくに私を憎んでるよ。ゆいいつの目の上のたんこぶだからね。いつまで俺の頭の上に座ってる気だって、私の顔を見るたびに腹の中で罵《のの》しってる。

（では、後ろめたいのね）

ハッ、何がだい！

（サミュエルがあんな人間になったのは、母親の私が至らなかったから）

グッとなった拍子に、自分を問い詰めている声があの女の口調なのに気がついた。レディ・トウノイン……息子のために戦いに来た母。

だが不思議と反発は覚えなかった。彼女の理詰めの論法が、感情に堰《せ》かれて停滞していた理性の働きを揺さぶり起こしてくれたというなら……むしろ感謝しなければならない。

（そうだね、後ろめたさはあるよ）

ミランダはそう自答した。

（あの子がサムソンを引き継ぐのにふさわしい人間ではないことは知っていたけど、私はこれ以上あの子に憎まれたくなかった。子どものときにおべっか使いどもから守ってやれなかった責めは、母親の私が負わなきゃならない）

（でもね奥様、彼はもうりっぱな大人ですよ？　母親は、いつまで子どもへの責任を感じるべきかしら？　親として一生悔いることはあるにしても、子どもが自分で選んだことのすべてを、親の私のせいだと考え続けるのは、少し違うのではないかしら？）

（ああ……そうね、そうかもしれない……ええ、きっと……）

（あなたは『サムソン帝国』の女主人です。あなたに拠《よ》って生きている数多くの臣民たちへの、重い責任を負う身です。

その責任を最後まで貫く義務が、あなたにはある。わたくしはそう思います）

『ああ。あんたが正しいよ』

声に出してつぶやいて、ミランダは踏ん切りのため息を吐き、あたりを見回してサマンサを捜した。秘書はサンルームのすみの小机で、つねに持ち歩いているノートパソコンのキイボードを叩《たた》いていた。

声をかけて呼び寄せ、立ち上がる苦労に手を貸させた。

『お部屋へお帰りになりますか？』

『ああ、そうしよう。誰にメールしてたんだい？　途中にさせてしまったね』

ふと思ったのは、レディ・トウノインの情報源は誰だろうという疑惑。こちらの内実にくわしげな話しぶりだった。だが、サマンサがスパイだという可能性はあり得なかろう。

『業務日誌ですわ』

サマンサは言い、ミランダはうなずいた。

『ああ、そう』

もしもサミュエルへの報告メールでも驚きはしない。

思いつきを言い添えた。

『今日のお客は、「日本の魔女」と「デブのクロコマドリ」だったと書いてお置き』

『魔女、ですか』

サマンサは可笑《おか》しそうに聞き返し、ミランダはフンと鼻を鳴らした。

『妖婆ミランダvs魔女ハナコのマウント・ブロッケン会談さ。ワルプルギスのお茶会の相談をしに来たんだよ』

『まあ、怖いこと』

『盗み聞きをした連中がいるなら、さぞ胆《きも》が冷えたろう』

廊下に出たところで、先月から入ったメイドにお辞儀をされた。愛嬌《あいきょう》のある黒人娘だ。サミュエル派の長老の推薦状だったが、ミランダは黙って雇ってやった。見られて困る物など置いてはいない。大事なことはすべて頭の中だ。

『ディビッドがぜひ観てくれって言ってた新作ミュージカルの初日は、そろそろだったかね』

『明晩ですわ。主演の二人への花籠《はなかご》は手配済みです』

『ディビッドに電話して、夕食に来るように言ってちょうだい』

『今夜ですか？』

『何も予定はなかったろう？』

『ディビッド様は今日までロンドンです。明日《あした》の午前中にお帰りの予定です』

『ああ、そう。じゃァランチは劇場の連中とだろうね』

『尋ねてみますわ』

サマンサが携帯電話で送ったメールの相手は、ディビッドに同行している新人秘書だ。

若くて背が高くてハンサムで、趣味はサイクリングとボディビル。マッスル・コンテストで優勝した経験があるそうだ。名門イェール大のSOM（経営大学院）を卒業しているようには見えない、派手好きで軽薄そうな青年だが、ディビッドはあの新しい恋人を自分の右腕に育てたいようだから、美しい肉体やスタミナ以外にも見込まれるものを持っているのだろう。

ユダヤの文化では同性愛は禁忌とはされていないので、ミランダも息子の性癖に寛容な態度でいるが、女狂いと男色とではどっちがマシか、とはときどき考える。なんでうちの息子たちはこうも極端なのか、とも。

問い合わせの返事は、ディビッドからの電話で来た。ちょうど部屋に帰り着いて、お気に入りの安楽椅子に腰を下ろしたところでだった。

《やあ、お母さん。そっちは大雪ですって？　明日は無理に出てこないでいいですよ。僕も開演までに帰り着けるかどうか怪しいし》

この子はいつも礼儀正しい物言いで、やさしい言葉を欠かさない。

『そうだね、まあ様子を見て決めるよ。サマンサに予定を聞かせたのは、しばらく顔を見てないからよ』

《すいません、お母さん。文句はニューヨーク・ロンドン・パリの三都市同時初演なんてアイデアを出したやつに言ってください》

作り物ではない笑いが、クスッと鼻から飛び出した。

『だから言ってやってるじゃないか。そっちのチームの出来はどうだい？』

《パリは主演女優がよくて、相手役の男優はほどほど。ロンドンは主演男優がダントツによすぎて、ヒロインも出来は悪くないのにかすみます。どっちも新聞評が楽しみですよ》

『だったら心配なのはニューヨークだけかい。下馬評はよくないようじゃないか』

《ここだけの話ですが、兄貴が余計な口出しをしてくれたせいですよ。おかげで、演出家は鈍感なロバ、音楽監督は音痴のオンドリ、振付師は時代遅れの耄碌《もうろく》ジジイっていう見事な揃い踏み。その上さらに、主演女優は見た目だけマリリン・モンローのダイコン歌手だし、トドメの主演男優は札束を積んでも使いたくなかった勘違いナルシストです。まあ、ある意味これ以上はない最強の組み合わせとも言えますがね》

歯に衣《きぬ》着せない辛辣《しんらつ》なこきおろしは、すぐれた批評家としてのディビッドの鬱憤《うっぷん》の打ち明けであり、ミランダにだから話してくれる内々の本音だ。外向けのコメント用には、そつなく取り繕った当たり障りのない台本が用意されている。

『でも主演のピーター・サンプトンは指折りの人気歌手なんだろ？』

《ポップ・ロックの歌手としてはビッグネームの一人なんですが、演技の才能はゼロなんですよ。キンダー・スクールの学芸会の下手くそよりも下手くそで、しかも当人はまったく気づかない。そいつが堂々の主役なんですからね、もう笑いに行くしか観ようがない！》
『じゃァ明日、空港の雪かきが間に合うようなら、二人で大笑いしに行こうかね』
電話の向こうでディビッドは一瞬（表情が目に浮かぶほどはっきりと）、絶句した。
通じたと確信して、ミランダは続けた。
『それで？　明日のランチは空いてるのかい、空いてないのかい』
《空いてますが、空港が開いているかどうかによるので、天気しだいですね》
『一時までは待ってみよう』
《それより、アフタヌーン・ティーというのはどうです？》
『それからブロードウェイへ？』
《大笑いして腹が空いたところで、五番街の「フィンチ」でのディナーというコースです》
ミランダは顔をしかめた。
『「フィンチ」かい？　あそこのシェフはバターを使いすぎるんだよ。胃にもたれる』
《う～ん、それじゃァ……「ロイヤル・コート」ならいかがです》
『ええ、いいわ』
《席はいくつ取りましょうか》
レディ・トウノインの微笑が頭をよぎったが、まだ早いと却下した。

『私と二人きりじゃ気詰まりなら、お気に入りのハンサムたちを何人でも連れてくればいいさ』
《僕は子どものころからいつだって、お母さんを独占するチャンスを狙ってますよ》
そうなのだ、小さいころいつもこの子は、私の膝《ひざ》に来ようとするのを兄に邪魔されていた。サミュエルは幼い弟を追い払って母親を独り占めするのを楽しんでいて、私はそれをサミュエルの嫉妬《しっと》であり私への愛情だと思い込んでいた。
サミュエルは弟をいじめるのを面白がっているだけだと気がついたのは、ディビッドの五歳の誕生パーティーのとき。お客がつれてきていたペキニーズ犬をお祝いのケーキに放り込むという、あまりにやり過ぎの悪ふざけを叱った私に、サミュエルは平然として言った。『こいつは僕のおもちゃだし、この家のほんとの主人はママじゃなく僕だ。お尻《しり》を叩いたりしたら、二人とも追い出すぞ』
もちろん私はサミュエルを捕まえて、お客たちの前でお尻を叩き、大声で謝るまで真っ暗な物置から出さなかったけれど……
《お母さん？　もしもし、聞こえませんよ？　……電波かな》
電話からのディビッドの声に我に返った。
『ああ、ごめんよ。じゃァ明日、お茶の時間にね』
言うだけ言ってサマンサに電話機を返すと、ミランダは背もたれのクッションに深々と沈み込んだ。

サマンサが小声で言うのが聞こえた。

『ええ、面倒なお客様の応対を終えられたところで、少しお疲れのようですね』

見れば電話機を耳に当てている。相手はディビッドだ。知らないふりを作って目をつぶり、聞き耳を立てた。

『いいえ、例のコンダクターの関係者が会いに来られて……母親ともう一人女性が……ええ……はい……いいえ……そうですか、奥様は「魔女」と……ふふ、そのようですわね。ええ……あら、お休みのようですわ。よろしいですか？　では失礼いたします』

電話を切ったサマンサが、毛布をかけに来た。

『会ったことがあるのかね』

眠気が差していたので、目はつぶったまま声をかけた。サマンサは驚くでもなく答えた。

『日本に行かれたときに紹介されていたようですわ。靴はお取りしましょうか？』

『ええ、お願い』

心地よいうたた寝に誘い込まれながら、明日はサマンサをつれて行こうと考えた。もともとは長老会議が送り込んできた彼女だが、二重スパイの役にも立ってきたし、頭が切れることは折り紙つきだ。ミランダが腹を決めたと知ったら、裏切ることはあるまい。

女主人が寝息を立て始めるまで待って、サマンサはそっと部屋を出た。さっきから何度も、メールが入ったしるしのバイブレーションにくすぐられている。

呼んでいたのは案の定、サミュエル社長の腰ぎんちゃく『探り屋』アーノルド……女あしらいに長《た》けているつもりのしたり顔を見るたびに、長老会議も威厳をなくしたものだと思う。先代の長老たちはそれなりにしたたかな曲者《くせもの》ぞろいだったが、いまの『長老』は誰も彼も名ばかりだ。

入っていたメールを全部読んでから、折り返しの電話をかけた。

『奥様は体よくあしらって帰されましたわ』

『それにしちゃァ、もてなしまでしての長話だったようだが？』

『向こうがしつこかっただけです。話を聞くふりで、いろいろ聞き出してましたわ。たいした収穫はなかったのですけれど』

『だが会ったというのが気に入らんじゃないか』

『断りにくい紹介状でしたのよ。ご存じでしょう？』

『日米女性協会の日本側理事か……まあ角を立てても得はないな』

やっぱりあの新人ね、と思いながら、ほかにお尋ねはないかと聞いた。

ディビッド様との連絡はメイドたちには聞かれていない。あの部屋に盗聴器がない限り、『探り屋』は知らないはずだ。

『ああ、あとはいい』

と『探り屋』は電話を切り、サマンサは唇を噛《か》んだ。応接室は今朝掃除をしたばかりなのに、あの新人！　盗聴が趣味だなんて、ほんとに迷惑な変態オヤジ！

サマンサはさっそく機材を持ち出して、掃除のやり直しにかかったが、何も見つからなかった。さては携帯電話の電波を傍受された？　まったく、あの変態！　いったいサミュエルからいくらもらってるんだか！

（でも、まあ、見てらっしゃい）

対策を考え始めたサマンサの目はらんらんと輝いている。子どものころ、女スパイにあこがれていた彼女は、『探り屋』とのいたちごっこをけっこう楽しんでいた。向こうは意地になってがんばっているようだが……陰謀の腕前で女に勝てた男など、サマンサはまだ知らない。


桐院燦子《はなこ》がホテルの部屋に帰り着いたとき、夫はネクタイ姿のままベッドで眠りこけていた。

「あなた、戻りましたわよ？」

声をかけてみたが、うんともすんとも言わずに寝入っている。

「まだ時差ボケが抜けませんか？　もうっ」

心配だから同行すると言うのを無理に断ったから、ふて寝のふりをしているのかと思ったが、どうやら疲れを溜《た》めていたらしい。

「お届けいただいた皇后さまのお薬袋《やくたい》、お守りの役に立ちましたわよって、一番にご報告しようと思いましたのに」

　つまらないわ、とつぶやいたところで、夫が薄目をあけているのに気づいた。口元には笑いじわ。

「もうっ、子どもみたいな悪戯《いたずら》をなさって！」

　肩口をぶつ真似をした手を捕まえられて引き寄せられ、胸の中に抱き込まれた。

「およしになって、着物がしわに」

「疲れた顔をしている」

　と夫はほほえみ、燦子は夫の肩に頭を預けた。

「ええ……疲れましたわ」

「首尾は上々だったようだが」

「まだわかりません」

「そうかね？　お守りは効いたのだろう？」

「気持ちを支えてくださったという意味ですわ」

「押し負かされずに話せたんだね？」

「ええ、それはなんとか」

「ご苦労さん。あなたには荷が勝ちそうで心配だったが、お見逸《みそ》れしたよ」

「……芙美子《ふみこ》お姉さまが加勢してくださっていたのかしら」

「いやいや、あなたのお手柄だ。夕食まで横になるかね？　帯を解くのを手伝おう」

「ええ、ありがとう」

楽な普段着に着替えていたところへ、電話が鳴った。

「私が出よう」

「ええ、お願い」

内線で呼んできたのは小夜子《さよこ》で、燦子が帰っていると聞くとさっそくやって来た。

洒落《しゃれ》っ気のないパンツルックで飛び込んできた娘は、口のきき方まで実用本位だ。

「お母様、どうだった⁉」

「無事に生還しましてよ」

「情報は役に立ったかしら⁉」

「そう思うわ。あの方の痛いところを突けたと思う」

「そう！　苦労の甲斐《かい》があったわ、よかった。お夕食は二人でいらっしゃってね。それとお父様、デートにそのネクタイは変よ、会議に出かける銀行頭取みたいだわ。それじゃ」

慌ただしくしゃべって風を巻くように出て行ったと思ったら、閉まりかけたドアを躱《かわ》して舞い戻った。

「株の件まで話した？」

「いいえ、持ち出すまでもない気がしたから」

「ナイスよ、お母様！　だったら最後の手段の隠し球に使えるわね。ありがとう！」

そして出て行って、そのまま作戦本部とやらに戻ったようだ。

「いったいアレは何をたくらんでいるんだ？」

替えのネクタイを選び出そうと苦悶《くもん》していた夫が、あきらめ顔を振り向けた。

「そのタイで似合ってらっしゃるわよ」

なぐさめておいて、返事を続けた。

「秘密だそうよ、サムソンの株を買い集めているんですって」

「ほう」

「いざとなったら暴落を起こせる株数を手に入れると言っていましたけど、そんなことができるのかしら」

「無理だ」

「あら、そう」

「無理だろう、どう考えても」

どっかりとソファに納まって考え込み始めた夫に、一時間ほど休みますと告げて、燦子はベッドに身を横たえた。

他人相手の真剣勝負というのは、親族相手よりずっと疲れると思いながら、遅い昼寝を決め込んだ。

わが道

通い慣れた変人倉への道をたどる途中、あった店や家がなくなってコンビニやマンションに変わっている場所を何ヵ所も見つけて、ずいぶん長いこと無沙汰《ぶさた》をしていたのだと、あらためて気がついた。

中学に上がってすぐのころに発見して、一時は通い詰めた三人の変人師匠たちを、前回訪ねたのはいつだった……高嶺《たかね》とのカーネギー対決のチケットを届けに来た、あの時以来か。

(教授とラッパ屋にさんざん嫌味を言われますね、これは)

そう思いつつも、道をたどる足取りは軽い。一時期は家族たちよりよほど親しい関係を結んでいた三老人への訪問は、なつかしい古巣へ帰るような気分が心地いいのだ。

三月も下旬に入り、桜の開花予想がニュース番組の話題に上るようになっているが、このあたりにたしか一本……おや、あの老木は伐《き》られてしまったか？　残念だが、そのようだ。

これまた風景が変わってしまって危うく見過ごしそうになった角を曲がり（石塀の古屋敷がマンションに建て替えられていたのだ）、もしやと危惧《きぐ》しながら探した視線をホッとゆるめた。もともとは倉庫だという赤レンガ造りの古びた建物は、左右を新築のビルに替わられながらも健在だった。

道路に面した鉄扉の正面口は、三老人が居ついて以来、レトロな風貌《ふうぼう》を醸す壁飾りと化していて、出入り口は左脇の狭い犬走りを入っていった奥にある。かつては通用口だった、これまた鉄製のドアは相変わらず汚く錆《さ》びているが、ノブも蝶番《ちょうつがい》もまだしっかりしていて、いつもの場所に隠してあった鍵《かぎ》を使えば、きしみもせずにスムーズに開いた。

踏み込んだ内部は、フラットでがらんとだだっ広い空間で、その三ヵ所に、三人それぞれの住まいがしつらえてある。

一番手前、通用口の左手すぐのところが、目が不自由な元バイオリニスト『コン・マス』の専有スペース。その反対側の少し奥まった一角が、ホルン吹きの『ラッパ屋』のなわばり。その向こうの、でんと鎮座ましましているグランドピアノから奥が、ピアノの持ち主である『教授』の住まい。

つまり三老人は、二百平米ほどの広大なワンルームを、それぞれの家財で囲って住み分けるという、実にユニークな共同生活をしているのだ。ラッパ屋が自称する『倉庫の中の段ボール御殿』というのも言い得て妙ではあるが、自由気ままを形にしたようで悪くない暮らしぶりだ。

もしも僕が新たな家を持つとしたら、真似てみるのもいいかもしれない。生涯の伴侶《はんりょ》として愛情生活を共にしている悠季《ゆうき》が、こうしたスタイルを気に入ってくれるならだが。

そういえばペンシルマンションの部屋は、コンセプトとしては似ていた。アトリエにベッドを持ち込んで、生活と音楽が不可分に同居していた暮らしは、僕の好みには合っていたが、悠季に言わせると、落ち着けないラフさだったかもしれない。彼はいまの家のほうが気に入っているようだから。

さて変人倉にも冷暖房の設備はあるので、まだ外は肌寒い今日も室内はほっこりと暖まっている。

が……踏み込んですぐに、異変に気づいた。通用口から右手、正面扉の横の壁際にプレハブ小屋のようなものが造られていて、しかも人がいる。こちらに向いたサッシ窓の奥をすっと横切った人影は、若い女性だったようだ。

新たな住人が増えたという雰囲気ではない。とっさにいくつかの推論を考え浮かべながら、とりあえず訪《おとな》いの声をかけた。

「こんにちは、圭《けい》です！　ご無沙汰しましたが、お元気ですか」

「おう！　桐《とう》ノ院《いん》圭大先生、めずらしいじゃないか」

返ってきた応答は教授の声で、待つほどもなく本人があらわれた。

アンティークの家具や本棚で仕切った『自室』から歩み出て来た痩《や》せぎすな老人は、若いころはそれなりに名の売れたピアニストだったようで、後年は大学のピアノ科教授をしていたらしいが、左腕がない。交通事故で腕を失い、職も辞したが、ピアノだけは手元に残した。

右手のみでも趣味ていどには弾ける、つまりは暇つぶしだと当人は言うが、ラッパ屋が内緒で教えてくれたところによると、ピアニストとしての再起を期して血がにじむような努力をしていた時期もあったそうだ。

だが当時は、障害を負った演奏家をステージに迎えてくれる興行主は見つからず、自力でひらいた演奏会も同情や好奇の目を浴びるばかりで、結局は自ら世間から遠ざかる結果になったという。

プライドが高い教授らしい世のすね方だが、僕がその話を聞いたのは、指揮者を目指して芸大を受験すると決めたあとのことだ。いま思うと、僕が本気で音楽家への道を志望すると知ったラッパ屋からの、はなむけとしての打ち明け話だったのだろう。

その前もその後も、当人からはいっさいそうした話は聞いていない。こちらが尋ねないから言わないのかもしれないが、それを言うならば、三人とも自分の昔話はほとんどしない。

勝手に遊びに来る僕に、気が向くままにそれぞれの楽器を手ほどきしてくれる三人とのつき合いは、足かけ十数年におよぶのだが、いまだに僕は彼らの本名を知らない。

最初から彼らはあだ名しか名乗らなかったし、おたがい同士もあだ名でしか呼び合わないので、しぜんとそういうことに落ち着いてしまった。

正確に言えば、コン・マスの本名だけは知っている。以前、彼宛ての手紙を見せてもらったことがあるからだが、知っていても呼びはしない。それがこの変人倉の暗黙のルールだと思った判断は正しいはずだ。

ちなみに老人たちも、僕を名前で呼ぶことはしない。教授は『小僧』という呼び方を好み、コン・マスやラッパ屋は『あんた』とか『おまえさん』とか、英語でいうならyouにあたる言い方を使う。僕にも不服はない。それらはたぶん彼ら流の親しみの代名詞なので。

「しばらく無沙汰をしたあいだに、だいぶ街が変わりましたね」

そう話しかけた僕に、教授は、

「ここもだ」

と親指をそっくり返らせて、くだんの新設部屋をさした。

「もしや家政婦室ですか？」

人影はナース姿のようだったが、わざとそう聞いた。老人たちはおそらく八十近い年代で、とくにラッパ屋はリューマチにくわえてだいぶ前から肺気腫《はいきしゅ》を病んでいるから、看護師が手配されていてもおかしくないが、ナース部屋と言い当ててしまっては趣がない。

「孫部屋だ」

教授もとぼけた。

「奇特な押しかけ孫娘どもが、爺《じじい》どもの世話を見に来とる」

「けっこうな身分ですね」

会釈で返して、看護師付きで寝込む容態らしいラッパ屋の住まいに歩み寄った。

「やつは留守だ」

と言われて、足を止めた。

「まさか……？」

「まだレテの川は越えちゃおらん。医者に攫《さら》われて監禁されとる」

「入院ですか、どこの病院です？」

「血縁以外には教えん約束だ」

教授は肩をそびやかし、

「法律上の血縁以外にはだ」

とつけくわえたのは、弟子とは音楽上の血がつながっているはずという反論に、先回りをしたものだ。

「人間ってのは好き勝手に野たれ死ぬわけには行かんそうでな。死ぬにも法の手続きがいる。うるさい話さ」

危篤なのかもしれないと思ったが、それ以上の追及は控えた。彼の死に目に会いたいかどうか、自信がなかったからだ。

ラッパ屋はラッパ屋らしく、咳《せ》き込みながらもホルンを吹いていた姿のほうを覚えていてほしいのかもしれないし、他人の死苦に立ち会うには、それなりの資格がいるようにも思う。少なくとも、相手が自分に死にゆく姿を見せたくないと思っているならば、それは尊重すべきプライバシーだろう。

「それで、そっちのニュースは何だね？　新しいオーケストラでも立ち上げたか？」

教授がピアノの前に腰を下ろしながら話題を変えにかかった。

「考えていませんでしたが、それもありかもしれませんね」

「おう。いつまでもM響なんぞにこだわっとることはない、『トウノイン・ケイ・オーケストラ』でバーンと売り出せ。オーディションを呼びかけりゃ、楽員希望者はいくらでも集まる」

「しかしまあ、僕にはフジミがありますので」

「アマチュアにはアマチュアの限界がある。どんなに腕がよくても、プロとは違う。かといって『サイトウ記念』のような納まり方は、おまえには早い。自前のプロ・オケを組め。小回りが利く規模がよかろうから、まずは三、四十人だな」

たしかに、それも手ではあると思いはしたが、さほどの魅力は感じなかった。

「考えてはみますが、今日はべつのお願いがあって来ました」

教授は尖《とが》った鼻をつんと持ち上げた。

「出演依頼は受けけん」

「それは残念です。理由は?」

「そんな頼みで来たんじゃあるまい」

「ばれましたか」

「おまえは昔から世辞が下手だ」

「その自覚はありますが、教授の本気の演奏は拝聴したいですよ?　気が向かれるなら、いつでも車で迎えに上がります」

「演奏会なんぞもう二十年もやっとらんし、それ用の弾き方もしとらんからな、何曲もは指が保《も》たんわい」

「では共演者を見つけますので、一曲だけでも」

「いらん、いらん。ポンコツのロートルに、いまさらお情けの出る幕なんぞいらんわ。わしが怒り出す前に用件を言え」

しかめたもじゃもじゃ眉《まゆ》の下から不愉快そうににらまれて、もともとはそちらが始めた話だとやり返したくなったが、武士の情けで言わないでおくことにした。

「では、師匠への復帰を」

と切り出した。

「おまえのか」

「本格的にピアノを習い直したいのです」

「他所《よそ》を当たれ」

と突っぱねられた。

「教授に習いたいのです」

「おまえは指揮者の道を選び、それが正解だ。おまえのピアノは、どんなに稽古《けいこ》を積もうが趣味の旦那《だんな》芸の域からは出ん」

これにはグッとなったが、あきらめる気にはならなかった。

「ですが趣味の域だとしても、いまよりは腕を上げられるはずです。お付き合いくださいませんか」

「誰と張り合いたいんだ」

教授は射抜くような目つきで僕を見詰めた。

「ええ？　連れ合いクンが使っとる伴奏ピアニストか、やっと浮気でもされとるのか？」

「まさか！　悠季はそんなことはしません」

つい気色ばんだら、図に乗られた。

「七面倒なオーケストラでの音楽作りには嫌気がさしたか。ピアノのほうが楽そうか？」

教授お得意のからかい口に、

「いえ、そんな意味では」

抗弁しかけた口先とはべつに、ガツンと本音を射抜かれた感触を覚えた。

教授がたたみかける。

「だがあいにくと、棒振りの才能はあっても、おまえの楽器演奏の才能はフジミの連中並みだ。百年やろうが、連れ合いクンのバイオリンに匹敵するピアニストなんぞにはならん。みょうな夢は見んで、自分が与えられとるものを大事にせい」

容赦ない正論は耳に痛くて、思わず抗《あらが》いの唇を噛《か》んだが、教授は追撃をゆるめない。

「それとも、あれか。浮気相手は生島《いくしま》のバカボンか。こっちへ来てたそうだが、演奏会はやらんだったようだな」

できれば触れずに済ませたい話だったが、嘘も言えない。

「……いえ、フジミホールで弾きました」

いやいや答えた僕に、教授はニヤニヤしながら追い打ちをかけてきた。

「何を弾いた？」

「ベートーベンが中心でした」

「『音壺《おとつぼ》』のアンポンタンが、あいつは腑抜《ふぬ》けになったと息巻いとったが」

「復活しました」

「何が、そんなに来たんだ？」

「曲目は関係ありません」

「ほう？」

お見通しだぞというしたり顔をされて、やむなく折れた。

「《第五》です」

「おまえのオケが、やつのピアノに負けたか」

「そういうわけでは……ただ……つまり」

どこまで本音を明かしたものか、ここまでやって来ておいて迷ってしまった。それはすなわち、自分でも馬鹿げた羨《うらや》みだと知っているからだ。

二ヶ月ほど滞在して先週ニューヨークに帰った生島高嶺の、ベートーベン作曲《交響曲　第五番》を二度聴いた。一度目はソロ演奏で。二度目は三条《さんじょう》もとい二宮薫子《にのみやかおるこ》女史との連弾で。

ちょうどそのあいだにピアニスト生島が再生する画期をはさんだ、興味深い聴き比べをすることになったのだが、悠季は瞠目《どうもく》したらしい一度目の演奏の精神性の深さには、僕はべつだん驚きはしなかった。

自分の心の奥底を剝《む》き出しに音楽に込めるソウルフルな演奏というのは、もとから彼のスタイルであり、あのとき特別だったのは、高嶺が抱えた苦悩がかつてなく深刻だったことだけだ。

僕を、改めてピアノに取り組みたい気持ちにさせたのは、復活した高嶺がいかにも楽しそうに見せびらかしていった、あのフリーセッションに近い演奏だ。二宮女史とのバトルチックな二人三脚を面白がりつつ、実に気持ちよさそうに彼流の《第五》を楽しんでみせた。

楽譜が指示している音を好き勝手に飛ばし、楽譜にない音を自由自在につけくわえて、ベートーベンも眉間《みけん》のしわを伸ばして聴き入りそうな白眉《はくび》の連弾に仕上げてしまう。あのセンスの凄《すご》さと自由さに、どうしようもなく心を惹《ひ》かれた。

あんなふうに弾いてみたいと、大人げなくあこがれてしまったのだが……ただでさえ毒舌家の教授に、自分でも子どもっぽいと自覚しているドリーマーな自分を打ち明けるのは、いささかならず……ああ、いや、無理だ。

この話は切り上げようと決めたが、教授はまだ話す気満々だった。

「ピアノならば、自分の両手さえ扱えれば、オケより自由に自分が表現できる」

僕の気恥ずかしい本音をどこまで見抜いているのか、教授が授業の口調で言う。

「ただし、生島ほどに弾けるなら、だがな」

「はい」

それは重々わかっている。

「おまえには無理だぞ」

と言われて、つい反抗心が湧いた。

「そうでしょうか」

という返事は、揚げ足を与える格好になった。

「なんだ、やってみてダメだったから、弟子入りし直しに来たんじゃないのか」

「あー……つまり、その……」

「わかった。わしのピアノを貸してやるから、あきらめがつくまで弾いていけ」

まるですべてを見抜いているかのように吐き捨てて、教授はずけずけと続けた。

「生島のピアノに触発されて、自分もそんなふうに弾いてみたくなったが、家には連れ合いクンがいる。生島にあこがれとることは知られたくない。そんなところだろうが？」

顔色が変わったはずはないが、もしかすると失敗したのか。ちっ、そうらしい。

教授は意地悪い顔でクスクスと笑った。

「おまえが家ではピアノを弾きたくない理由は、いつもそんな調子だ。中学生坊主のころから進歩しとらんな、小僧」

「あのときの理由は違います」

言い返した僕に、教授はチチチッと舌を鳴らしながら人差し指を振ってみせた。

「い～やいや、似たようなもんだろうが。妹に先を越されたんで追い越し返したいが、必死で猛練習したとは知られたくない。それでわしのピアノを弾きに来たんだろうが」

「そんなことは！」

言いかけて、思い出した。

「……そのことはコン・マスにしか打ち明けていない」

「すまんな、大人同士はツーカーにしとくのが教師のセオリーだ。いままで黙っていてやったろう？」

憤懣《ふんまん》こめてにらみつけたしわ顔は、しれしれとニヤついていて、くそっと思った反動で負けを認めることにした。

「おっしゃるとおりです、教授の慧眼《けいがん》に脱帽します」

「おいおい、そう角が取れちゃ面白くない」

「昔はさんざん、すなおになれと怒られましたが？」

「すなおじゃなかったから、いまのおまえがあるんだろうが。まあ、いい。好きなだけ弾いていけ。ただしフェルトがヘタっとるから、ろくな音は出んぞ」

「では借り賃代わりに修繕させましょう」

「いらん、いらん。どうせこの手はもう、ろくに動かん。孫娘どもの小遣い銭稼ぎに売り払おうと思っとったところだ」

「売る⁉ ピアノをですか⁉」

思わず教授の手元に視線をやった。右手はズボンのポケットに隠されていた。

「最後はわしの棺桶《かんおけ》に使って、あの世まで持っていこうと思っとったが、焼き場の窯《かま》に入らんそうでな。しょうがないんで売ることにした。どうせ四、五万にしかならんが」

「しかし、ピアノは教授の」

アイデンティティそのものではなかったのか、とは口に出せなかった。そんなことは僕が言うまでもなく、教授自身がその生き方の中でずっと主張し続けてきたことだ。

「生涯現役ってやつを通して、ある日ぽっくり逝《い》くのが理想だったが、なかなかそうは問屋がおろさんわ」

苦笑いしてみせた教授の表情に、苦渋の影は見えなかったが、妻子も持たなかったらしい人生での終生の友との離別を、簡単に受け入れられたはずはない。慰めの言葉も思いつけずにいた僕に、教授はからかい声で言った。

「小僧、おまえだって四十年もたてば立派な年寄りだ。年々思うように体が動かんくなって、目は老眼、耳は難聴、自慢の脳みそもボケて何でも忘れちまい、しまいには他人の世話を受けなきゃメシも食えんようになる。誰だって歳を取りゃそうなるんだ。

だからな、いいか、時間だけは巻き戻せんものだと肝に銘じておけよ。棺桶の蓋《ふた》が閉まるときに、待ったは利かんぞ。だいたいが死に際に思い残しがあるなんて体たらくは、男一匹の生き様としちゃまさにザンネンってやつだ」

不機嫌な顔つきで無口を決め込んでいることがほとんどの教授だったが、たまに問わず語りのスイッチが入る癖があった。いままでに聞いたそれらは音楽論や演奏論で、人生論めいたものが語られるのは初めてだったが、それだからだけではなく、僕は一心に拝聴した。

「遺言代わりに打ち明けておいてやる」

と続いた言葉に（やはりか）と胸を衝かれながら、いっそう深く耳を傾けた。

「いまわしが一番悔いとるのは、他人の目つきなんぞを気にしてピアノ弾きを廃業したことだ。みっともなかろうが傍目に痛かろうが、指一本ででも弾けるあいだは命懸けでしがみついとくべきだった。わしはそのていどにはピアノを愛しとった」

ああ……あなたからこんな告白を聞くなどとは、いったいここで何が起きているのだ!?

僕の不安に満ちた胸の内には気づかない顔で、教授は語り続ける。

「だからな、小僧、馬鹿げた浮気なんぞやめとけ。おまえと相思相愛なのは、ピアノでもホルンでもバイオリンでもない、タクトだ。

音は出ない棒一本で、指揮者は音楽を紡ぎ上げる。まるで魔法のようで、僕はそれをやってみたい。

そう言ったのはおまえだ、小僧。十四か五か、そのくらいのときだ。

そしておまえは修業して、おまえが望んだ魔法を使える魔術師になった。菜箸《さいばし》だろうが五本箸だろうが、おまえが振れば、百人の演奏家どもの騒音を音楽に変えられる。アブラカダブラちちんぷいぷいカッパの屁《へ》、そ～れ雑音よ、音楽になァれ！」

教授らしくないおどけた身振りで振り上げた右手が、架空の曲を指揮して三拍子を刻み始めた。

「おい、ワルツだ、なんか弾け」

顎《あご》をしゃくられて、教授のところに行った。ベンチ型のピアノ椅子に、ピアノに背を向けて腰かけた教授の隣に腰を下ろし、頭に浮かんだまま《皇帝円舞曲》を弾き始めた。

「ふうむ……ほんとにきさまは演奏の才能がないなあ」

なにをしみじみ言ってくれるかと腹の中で反駁《はんばく》しながらやり返した。

「指揮者も演奏家のうちです」

「屁理屈を言うな。指揮者と作曲家は、『音楽家』ではあるが演奏家じゃない」

ふむ……なるほど。

「それで思い出したが、音楽家だなんぞと気取っとるとメシは食えんぞ」

「そうでしょうか？」

「うむ。高尚ぶりたい金持ちをパトロンに捕まえるか、楽隊とおなじく一曲いくらで演奏する音楽屋になるか、音楽でメシ代を稼ぐ方法はそのどっちかだ」

「それで言うなら僕は」

「パトロンを捕まえて失敗したな。飼われる意味も知らん、覚悟もしとらんかったんだろう」

「たしかに」

「だから自前のオケを持てと言うんだ。おまえの名前で呼べる客はいるし、これから増やすこともできる。自前の客を持っているおまえが、自前のオーケストラを手に入れれば、これ以上はない自由な音楽活動ができるじゃないか。演目もソリストも選び放題だ。そうだろう？」

「ええ。問題は」

「オケを養えるだけの活動が作れるかどうかだな。M響でいま楽員の給料はどれくらいだ？」

「知りませんが、公務員並みといったところでは？」

「平均年収で七百万というところか。まずは人件費で二億はいる計算だな」

「簡単な額ではありませんね」

「そりゃそうだ。まあ私設のオケだし、年収四百万なら悪い話でもあるまい。しかし交響曲もやれる人数となると四十人は欲しいか？　一億六千万だな」

「公演活動には宣伝費や会場費、移動費などが付き物ですから、ざっと二億」

「マネージメント事務所は持っとるんだったな」

「宅島《たくしま》に苦労する気があるかどうか聞いてみましょう」

「初公演は急いだほうがいいぞ。ラッパ屋はどのみち行けんが、コン・マスも長くはない」

ドキッとなった。

「もしもし、いいかげんなハッパをかけるもんじゃないよ」

力ない声が耳に入ったので振り向けば、コン・マスが住まいの外に置いてあるソファに座って笑っていた。弾かされていた手を止めた僕の横から教授が言った。

「なんだ、まだ生きとったか。小僧が来とるのにいっこうに顔を出さんから、死亡診断書を書かせに医者を呼ぶところだったぞ」

「年寄りが年寄りをいじめるもんじゃない」

ニコニコとやり返して、コン・マスはそれ以上のボリュームは出ないらしい小声で続けた。

「面白そうな話だけど、僕はオーディションには行かないからね。悪く思わないでおくれ」

「代わりに虎の子を寄贈するそうだ」

教授が茶々を入れ、コン・マスはますます笑顔を深めた。

「本物の虎の子だったら、喜んで結成祝いに進呈するんだけど、あいにくとあれは昔、この家に化けちゃったよ」

「なんだ、やっぱり巻き上げられとったのか！」

憤慨の声を上げた教授に、コン・マスが飄々《ひょうひょう》と言い返した。

「みょうな言い方はやめとくれ。こっちから頼んで代金の一部にしてもらったんだし、相場よりずいぶん高く引き取ってくれたんだよ」

「しかし、ストラドだったんだろう⁉」

思わず耳がそばだった。僕はオールドの崇拝者ではないが、聞き捨てにできるほど興味がないわけではない。

「ストラディバリウスをお持ちだったとは初耳です」

コン・マスは口元にハンカチを当て、乾いた咳《せき》を二つした。

「昔の話だし、手放したんだ。自慢話にはなりゃしない」

「買い手を伺っては失礼でしょうか？」

「建設会社の道楽社長だよ。日本ではめずらしいバイオリンの蒐集《しゅうしゅう》家でね」

「え、もしや時田《ときた》氏ですか？」

「おや、知り合いかい？」

「ええ、ここと同様に長年の。あそこのストラドが、コン・マスの手から出た物だったとは驚きです。世間は狭い」

「かみさんがときどき弾いてくれているみたいで、リサイタルの報《しら》せが来るよ。聴きになんか行きゃしないけどね」

それはさぞくやしいだろう、と思った。現役を離れての経済事情で手放した愛器を、活躍中の他人が演奏するのを聴いて、なにがうれしいだろうか。

「時田澄江《すみえ》さんは、なかなかいいバイオリニストですが」

と言ってみたのは、コン・マスへのせめてものなぐさめだ。

「僕の好みじゃなかったね」

コン・マスは楽しそうにウィンクしてみせ、無理にはしゃいでいるのがばれたが、僕は気づかないふりをした。大きな声を出さないことといい体調がよくないのだろうが、気遣われるのはきらう年寄りたちだ。

「なんだ、聴いとるんじゃないか」

教授が非難がましい口調で割り込んだ。

「FMラジオでいっぺん聴いたよ。ずいぶん前だけれど。まだ活動中かい？」

「そのようですが、僕もファンというわけではないので」

「おまえの好みは、バイオリンなら連れ合いクン一辺倒だろう」

「守村《もりむら》くんって言いなさいよ、ちゃんとさあ。彼はFMには出ないのかい？　コンサートには出かけられないから、ラジオで聴けるとうれしいんだけどね」

「演奏中にケチもつけ放題だしな」

「彼の演奏は好きだよ？　若い人にしちゃ鼻につく嫌味がないし、『上善水のごとし』って感じだよね」

「もう若いって歳じゃあるまい」

「おまえさんと同い年だっけ？」

「彼は早生まれなので、学年は一つ上ですが」

「ンで、いくつなんだ？」

「今年で満三十です」

「三十なんざ、まだまだ洟垂《はなた》れ小僧だ」

教授が鬼の首を取ったように宣言し、コン・マスはにこやかにうなずいた。

「青臭さが取れて充実期に入る年頃だね。一人前に力はついていて、新しいことを始める気力体力も十二分。きみらは子育ての心配はいらないんだし、何でもやり放題だ。

オーケストラの名前は？　パトロンがついたとしても、企業名を冠にするのは品がないよ。丸抱えだと断りきれないだろうから、たとえばメインは富士見《ふじみ》銀行だとしても、少なくともあと二、三社は競合させるんだよ？」

「父はオケに金を出したりしませんから」

言い返しながら、ふと（小夜子《さよこ》の代になったらどうだろう）と思ったが、最初から身内をあてにするような甘えた感覚は持つべきではないと自分を戒めた。

それに、そもそも僕の気持ちはどうなのだ。

自分のオケが欲しいか？　M響の常任に戻る道もある。どちらがより望ましい？

そして気づいたのだ。それら二つを秤《はかり》にかけて眺めてみても、どちらを選ぼうかと高揚する気持ちや、選択の先に待つものへの燃え立つ情熱を覚えないことに。

「練習場はあるし、事務長もコン・マスもいるし、楽員の給料の算段さえつけば明日《あした》にも募集をかけられるな」

能天気な教授の言い分に、

「そう急《せ》かさないでください」

と苦笑を作ってみせれば、

「少年老い易く、光陰は矢のごとしだぞ」

短気な教授は気短なけしかけを言う。

たしかに、志があり、それを遂げるつもりがあるなら、時は惜しむべき重要資産だ。

だが、事はそう単純ではなくなった。

教授が言うとおり、僕は望んで指揮者になった。持てる力のすべてを傾注して指揮者をめざし、まんまと望みを叶《かな》えたうえで、指揮者としての成功も手に入れた。

では、いまは？

おまえは指揮者を続けたいか？

かつてのように熱望しているか？

……わからない、という思いたくない答えが頭に浮かんでしまった瞬間、冷たい刃のような危機感がひやりと心臓をかすめた。

わからない？　自分が何をしたいのか、わからない⁉

やりたいことは山ほどあるだろう！　サムソンの軛《くびき》から離れ、M響での縛りも解けた。いまの僕は仕事を選べるフリーランスの身分で、時間も体も思うがままに使える。だから、……とまで考えて、その先が続かないのを知った。

自由の身になって、やがて一年が経とうとしているが、そのあいだに僕は何をした？　自由が欲しかったのは、自由でなくては出来ないことをやりたいがためではなかったか？

もちろんだ。愛するフジミとの関わりを片手間にさせられる状況を打破したかったし、念願かなって手に入れたフジミホールを足場に、さまざまな音楽活動を楽しむのもいまからだ。

だが……と、僕の中のシビアな批評家が薄目をあける……そうやっておまえが『やりたいこと』の核心は何だ？

フジミと出会って、技術的な巧拙を問わずに『音楽作りを楽しむ』仲間と音を追いかける、いわば純粋な愉《たの》しみとして音楽を遊ぶ喜びを知った。

細々と活動していたアマチュア・オーケストラの彼らには、まともな練習場所もなかったので、熱意にふさわしい環境を確保しようと、フジミホールを造った。

おまえがここ五年ほど精力を傾けて邁進《まいしん》してきた『夢の実現』は成った。今後は、悠々自適の拠点を手に入れたフジミを率いて、年に一度の定期演奏会の内容が少しずつでも向上するように、楽しく遊び暮らしていけばいい。

……遊び暮らす？

そうだろう？　フジミの諸君は趣味として、すなわち生活を彩る遊びとしてフジミの活動にいそしんでいる。おまえにとってもフジミの常任職は、生業《なりわい》の範疇《はんちゅう》には入れていない趣味であり遊びだ。もっともフジミの諸君は、真剣に遊べる余裕を作るために稼ぎ仕事にもいそしんでいるが、おまえは当面そうした必要もなくノンキにやれる。それすなわち、遊び暮らしているという以外、何と言う？

……勤勉な労働者でいなければ社会的な失格者とみなす立場には、僕は与《くみ》しない。音楽家とはもともと社会の余剰を糧として、文化という有意義だが無産の価値に仕える人間だ。キリギリスにアリの価値観を求めるのは無意味であり有害だ。

つまりは、現状に満足していると？　ならば議論の必要はない。

たしかにおまえは指揮者として成功し、恋人に負けない箔《はく》を手に入れた。『バイオリニスト守村悠季』の名声が今後どこまで高まろうが、『世界的な指揮者として一世を風靡《ふうび》した桐ノ院圭』の栄光が翳《かげ》らされることにはならないだろう。

聴衆たちの思い出に残る栄光は不滅で、早過ぎる引退だったと惜しまれるのも一興。自分で望んで俗世をあとにしたのだから、世間に捨てられた部類の連中が嘗《な》めさせられる『過去の栄光』といった不快な苦みも、おまえには無縁だ。

自由気ままな遊び暮らしだから、恋人のリサイタルには余さず出かけられる。付き人の真似事だってしてやれる。彼との名演奏を残すのが、おまえが振るオーケストラではないのは多少くやしいかもしれないが、共演を楽しむ場はちゃんとある。フジミの定期演奏会で、毎年コンチェルトをやればいい。悠季は喜んでつき合ってくれる。

あのM響とのシベリウスのような完成度は望めないフジミとの共演でも、彼は演奏する楽しさをフジミの諸君と共有できることを喜びとして、手など抜かず……だがしかしプロの飛翔力《ひしょう》を備えた翼にはとうてい追いつき得ない、拙《つたな》いオケを置き去りにしないよう、さりげなく手加減はして……

そうやっておまえは、遊んでもらえばいい。真剣さと真剣さがしのぎを削るプロの世界からは身を引いたおまえだから、コンチェルトも気楽に面白さだけを楽しめばいい。

それでおまえが満足ならば!!!

「ところで、紅茶でもどうだい？」

コン・マスが言うのが聞こえて、僕はハッと我に返った。

「ん？」

と教授が生返事して、コン・マスが言い直した。

「紅茶でもどうだい、って言ったんだけど、もしかして彼、寝てる？」

「あ、いえ」

返事を返して、教授と分け合っているピアノ椅子から立ち上がった。「紅茶をどうだい」というのは、紅茶を淹《い》れてくれないかという意味であり、いますぐもう一度自分と向き合う時間が必要な僕には渡りに舟だった。

ところが、

「ああ、いいよ、座っていい。手はあるんだ」

コン・マスは首からかけた紐《ひも》を手繰って、毛糸のベストの襟ぐりからポケットベルのようなものを引っぱり出した。慣れたようすの手探りでボタンを押した。

「は〜い、コン・マス！　すぐ行きま〜す！」

女性の声が答えた。例のプレハブ小屋の中からのようだ。

「これ、呼び鈴なんだ。便利だよ」

すぐにプレハブのドアがあいて、うすピンクのナース服を着込んだ女性がすたすたとこちらへやって来た。さきほど窓越しに垣間見た印象より若いようだ。二十代の前半だろう。

「紹介するね。こちら、『変人倉』飼育チーム主任のレイコちゃん。

こちらは、僕ら三人の内弟子だった桐ノ院圭くんだ。職業はクラシック指揮者で三高男だけど、残念ながら既婚者だよ、ごめんね」

だったという過去形の紹介に引っかかりを覚えつつ、既婚者だという予防線を敷いてくれた心遣いを愛想笑みで補強しつつ、女性に向かって慇懃《いんぎん》に会釈した。

「桐ノ院です。お見知りおきください」

考え事の続きはあとでやろう。じっくりと。

「はじめまして。石橋玲子《いしばしれいこ》です」

名刺が出てきたので、こちらもポケットを捜して答礼を返した。

「竹風会病院・在宅ケアセンター……出張サービスですか？」

情報収集にかかったら、コン・マスに邪魔された。

「玲子ちゃん、先にお茶を淹れてくれないかな。ダージリンがまだあったと思うけど」

「は〜い、じゃミルクティーですね」

ほがらかにうなずいた玲子嬢が、教授に声をかけた。

「おじいちゃまはどうなさいます？」

ぴくっと耳が立った気がした。教授を見やると、目を逸らした。ほう……ほう！

「抹茶を小服に点《た》ててくれ。三口ばかりでいい」

「は〜い。桐ノ院さんのご注文は？」

「ダージリンをストレートでいただきます」

「了解で〜す」

玲子嬢は勝手を熟知した足取りで、三人が共同で使っている炊事場のカーテンをくぐって行き、僕は、わざとわかりやすくした興味津々な視線で教授を閉口させるのを面白がりながら、コン・マスに尋ねた。

「お孫さんなんですか、本当に？」

「別れた奥さんがつれてった三姉妹の一人の娘さん」

コン・マスはすらすらと説明してくれて、

「こんな偏屈男にかみさんがいたこともだけど、美人な娘が三人もいたなんて、玲子ちゃんが来るまで知らなくてさ、危うく心臓麻痺《まひ》で頓死《とんし》するとこだったよ」

「そこまで驚くようなことかっ」

教授のツッコミに、僕も真面目顔を作って参加した。

「充分ショッキングな仰天事です、教授。ご無事でなによりでした、コン・マス」

「うんうん、僕ら『結婚しそこなった独身男同盟』の一人が偽物だったなんてねェ、おかげでラッパ屋も僕もすっかり人間不信だ」

「オーバーなやつだなっ。やっかむなら、すなおにやっかんどけ」

「うん、だから善人の僕には似合わない嫌味を、たらたら垂れ流してるだろう」

「誰が善人だ、断りもなく小僧にバラしおって」

「あんたのヒントの出し方は遠すぎて、張ったまんま忘れられる伏線になるとこだったよ」

言い争う彼らの掛け合い漫才を聞くのは久しぶりで、しかしその漫才は昔はトリオでやっていたものだった。

「コン・マス、バラしついでにラッパ屋の消息を明かしていただけませんか」

老バイオリニストはニコリとして言った。

「きみは借金取りか？」

「は？　いえ」

「きみは彼の隠し子か？」

「いえ」

「きみは彼の元恋人？」

「違います」

「きみはラッパ吹き？」

「いえ」

「教授、ほかに何かあったかな」

コン・マスに水を向けられて、教授が出した助け舟は、

「やつの現役時代を知っとるか」

「いえ」

「どうかな、教授。こちらの青年は、ラッパ屋の『いまさら会いたくない連中』リストから外れていそうだけど、きみの判定は？」

「会いたいのか」

教授に尋ねられて、

「はい」

と答えた。

「大事な恩人の一人です」

「恩師じゃァないのか」

「そう言ってしまうと、僕はホルンの弟子ということになり、四番目の条件に該当してしまいます」

「落とし穴にはちゃんと落っこちんか、可愛げのない！」

目を剝《む》いた教授に、ご勘弁くださいと頭を下げた。

「お待たせしました〜」

明るい声を先導に、玲子嬢がサービスワゴンを押して戻ってきた。コン・マスが大事にしているマイセンのティーセットと、薄茶を少なめに点てた抹茶碗《わん》、そして風月堂《ふうげつどう》のらしい詰め合わせクッキーの缶が載っている。

「お抹茶にクッキーって変かしら？」

「いや、かまわんよ」

顔は取り繕っても態度が脂下《やにさ》がっている教授が、クッキーを選んでいるあいだに、玲子嬢はコン・マスに一つ一つクッキーの種類を説明して、おやつ選びを手伝った。

「ついでのときに和三盆の打ち菓子を少し買っておいてくれるかい。あれは日持ちがするし、紅茶にも合うから」

「ワサンボン……デパ地下にありますか？」

僕が買ってきましょうと言おうとしたが、

「どうかなァ、僕にはデパ地下がわからない」

「あ、そうですよね。探してみます」

「うん、頼むね」

年若く物知らずの『孫娘』を、コン・マスは気に入っているようだった。二人のあいだに割り込むようなお節介はしないほうがいいようだ。黙ってお茶会の客を務めることにした。

ヨーロッパの（おそらくは）著名なオーケストラでコンサート・マスターを務めていたらしいコン・マスは、物腰やしぐさに洗練された優美さがある。たとえばティーカップを持ち上げて口に運ぶ動作や、香りを楽しむ表情……一口すすって、舌の上の味わいにほんのりうれしそうな顔をするようすは、教養ある趣味人の優雅な内面を窺《うかが》わせ、色香さえ感じさせる。

この人の音色は……演奏家として本気で奏でるときの音色というのは、どんなだったのだろう。たぶん僕が知っている指導弾きの音よりも、繊細で緻密《ちみつ》で奥深いに違いない。でも僕はそれを聴いてはいない。聴かせてもらっていない。

中学高校の六年間、毎日とは言わないまでも足しげくここに通った。懊悩《おうのう》に満ちた苦しい思春期を、飄然《ひょうぜん》と生きているように見える三老人の存在が支えてくれた。

だがもっと学べるものがあったはずだ。意識して学んだことのほかに、無意識に影響を受けたことも多かっただろうが、それでもまだまだ浅い理解しかできていなかろう。彼らをもっと知りたいと望むべきだった。ともにいられる時間には限りがあることに気づき、間に合ううちに努力を尽くしておくべきだった……

帰りにラッパ屋の見舞いに寄ろうと決めた。

それと……コン・マスや教授に、さっき気づいたあれを相談してみようか。

だが何と言って話せばいいのだ？

いや、たぶん話し方などどんなふうでもいいのだ。

……そう、たとえばまず……自分は道を見失っているのかもしれないと感じたとき、何を拠《よ》りどころにその疑問の正否を質《ただ》せばいいだろうか、とでも？

見やった視線の先で、ちょうどカップから顔を上げたコン・マスが玲子嬢に話しかけた。

「うん……紅茶の淹れ方がほんとに上手になった。イギリスだったら、もういつでもお嫁に行けるよ」

「あいにく私は日本人だし、イギリスにお嫁入りするつもりもありませ〜ん」

「ええ〜？　イギリスはいいところだよ？　独特の気質で、石頭や変人は多いけどね」

「それって褒めてます?」

「うんうん」

玲子嬢と孫娘ごっこで遊んでいたコン・マスが、ふと（聞いて）というしぐさに手を上げた。

「電話が鳴ってるかな? 詰め所のじゃないか?」

「え? あ、ほんと」

ぱたぱたと玲子嬢は電話を取りに行き、コン・マスが僕に言った。

「玲子ちゃんから名刺をもらった?」

「はい」

「そこの病院。付属のホスピスがあってね、飯塚泰次郎《いいづかたいじろう》」

なるほど、受付で『ラッパ屋』と言っても通じまい。だがホスピス? ……とは、死期が近い患者の終末期ケアを専門とする医療施設のはずだ。では危篤というのも冗談ではない?

「リーク料はチョコレートでいいよ。ベルギーのが好きなんだ」

「次回、持ってきます」

と請けた僕に、コン・マスは謎めいた笑みを浮かべて言った。

「じゃあ、ヒントをあげておこう。南伊豆だ」

「は?」

何のヒントですかと聞こうとしたところへ、ぱたぱたと玲子嬢が戻ってきた。その足取りが刻むリズムの硬さに気づいて見やれば、こわばった顔つきの目が赤い。

まさか……

「お、おじいちゃま、あのね、い、飯塚さんが」

玲子嬢の涙声を、

「死んだか」

教授がぽつりと引き取り、コン・マスは無言で頭《こうべ》を垂れた。

……まさか……そんな……！

信じがたくてさまよわせた目が捉《とら》えたのは、玲子嬢の僕への手招きだった。泣き顔の涙を拭《ふ》き拭き、彼女は僕を二人から遠ざけると、小さな声で事情を話してくれた。

去年の九月に入院して人工呼吸器で容態を保っていたが、先週末からは昏睡《こんすい》状態で、時間の問題だったこと。当人が見舞い客を嫌ったので、誰にも知らせず同居人の二人だけで見守ってきたこと。これも当人の希望で、懇意の神父独りに看取られての最期は安らかだったこと……

玲子嬢は僕のために、懸命に動揺をこらえてそれらを伝えてくれた。

おかげで僕もどうにか、ラッパ屋がつい今しがたこの世を去ったことを理解した。

理解し……自分がこんなふうに味わうとは予想もしていなかった、深い悲しみに襲われた。

僕にホルンを教えてくれた、いつでも陽気な冗談好きだった僕の友人は、薄情な若造が会いに行くのを待っていてはくれなかった。それとも待ちくたびれて諦《あきら》めたのだろうか……

なつかしさが激しい痛みとなって胸にこみ上げ、目に当てたハンカチに熱く浸《し》み込んだ。

僕が二人のそばへ戻ったとき、逝《い》った友への黙禱《もくとう》に沈む二人の姿は静かで、とうに覚悟を決めていたのだと知れた。

「やっと楽になれたと、清々しとるだろう」

尽きぬ思いを断ち切るようにグズッと洟《はな》をすすって教授が言い、

「煙草を頼まれてる」

見えない目をぬぐいながらコン・マスが応《こた》えた。

「線香はいらないから、煙草を供えてくれってさ。それで寿命を縮めたのにねえ」

「あの煙草好きが十年も禁煙を辛抱したんだ、解禁にしてやろう。缶ピースだったな。ライターと一緒に棺《かん》に入れてやらにゃ」

「買い置きしてあるって言ってたよ。二缶あるから、一つは開封しないまま持たせてくれって。口開けの香りを楽しむのも醍醐味《だいごみ》らしい」

「モク中め、注文が細かいぞ。だが、いつ買ったんだ？　あんまり古いんじゃ缶入りでも湿気とるかもしれん。おい玲子、やつの巣の中を探してみてくれ」

「あ、はい」

「それより玲子ちゃん、通夜はここでしてやれるのかい？」

「せ、医師《せんせい》に聞いてきます」

「ああ、いや、神父だ。カトリックは神父が取り仕切るんだそうだ」

「遺影に使う写真を探さないといけない」

「選んで置いてあるとか言ってなかったか？」

「どこに置いてあるのかが問題だ。僕は役には立てんよ」

「ああ、わしが探す」

「葬儀社へは教会のほうから連絡してくれるのかね」

「玲子、それも聞いとけ」

人の死は厳粛なものであり、葬礼は荘重な静謐《せいひつ》さの中で粛々と準備されるべきものだと思うが、実際の葬式準備というのは粛然とは程遠く慌ただしいものになるようだった。

玲子嬢が病院との連絡にかかっているあいだに、僕は外へ出て悠季に電話した。あまりに突発的な事態で、まだうまく現実味がつかめないが、帰りの予定が変わると心配をかける。

悠季はすぐに電話に出た。

《えっ、ラッパ屋さんが!? うん、一度お会いしてる。で、いつ？ うっわ、そんなタイミングで!? そうかァ……会えなかったなんて、ほんとに残念だったねェ》

心優しい僕の恋人は、僕の気持ちを思いやって涙ぐんでくれていた。

「まだ一報が入ったばかりで、くわしいことが決まるのはいまからですが、僕にできることは手伝いたいと思います」
《うん。僕も行こうか？　お葬式は人手が要るもんだから、田舎だと近所中が手伝いに行くんだよ》
そういえば悠季をここへ連れて来るつもりでいたのも、まだ果たせていなかったと思い出した。いつかそのうちと思うばかりで、老いた面々の時には限りがあることを甘く見ていた……
「場所がわからないでしょうし、通夜をどこでやるかもまだ決まっていませんので、また連絡します」
《うん。場所は、ファックスで住所と地図を送ってくれれば何とか探していくよ。今夜がお通夜かな……ああ、明日は友引じゃないからたぶんそうだよね。うん、何か決まったら連絡して。ええと、ほんとに残念だけど、気を落とさないで。教授やコン・マスさんもきみ以上につらいだろうから、ええと、よろしくね。いつでも出かけられるように準備しとくから》
「ありがとう。ではまたのちほど」
《うん、連絡待ってるよ》
電話を切って、なんとなく空を見上げた。屋根の隙間に見える青空は美しく晴れていて、とある雑誌の表紙で見かけたワンフレーズを思い出した。語り手だろうネイティブ・アメリカンの老人の笑顔も印象的だった、『今日は死ぬのにいい日だ』という言葉だ。
……今日は晴れて暖かい。今年は作物の出来もよく、子どもらも孫たちも元気で、みな楽しそうに笑っている。だから今日は死ぬのにいい日だ……そんな意味の語りの一節だ。

懸命に生きてきた人生を満ち足りた気持ちで終われることへの、喜びと誇らしさを淡々と語るその言葉を、記憶の中のラッパ屋の面影にそっと添えてみた。

ゼェゼェと息を鳴らしてしゃべり、自分の冗談に笑ってはゴホゴホと咳《せ》き込むラッパ屋に、あなたはどうかと聞いてみたら……もちろん、そうさ、と言っただろうか。それとも、べつの返事が返ったろうか……いまはもう知るすべもなく、永遠に答えは聞けない。

……さびしい……もっと早く会いにくればよかった！

「おい、小僧！　ああ、いたな、手伝ってくれ！」

振り向けば教授がドアを押さえて立っていた。

「両腕そろっとる男手が入り用だ」

「はい」

教授について室内に戻った。

「通夜はここでやることになったんでな。ラッパ屋のところのガラクタを動かさにゃならん」

「力仕事はしますので、指示してください」

ラッパ屋の巣穴は、昔と変わらずごたごたと物が多く、ところ構わず何重にも貼りつけてある切抜きやメモや、床や棚に積み上がっている小物の量は、過ぎた年月のぶん増えていた。

「寝床とそのあたりは触らんでいい。こいつとこいつと、そっちの本棚は邪魔だ」

「どこへ運びますか？」

「衣装ダンスとその戸棚は後ろに下げよう。ベッドの周りに椅子を並べられるスペースを作りたいんだ。やつがクリスチャンなのは知ってたか？」

「ええ、十字架像やマリア像が」

そこにと指したベッドの枕元の祭壇は、燃えさしがそのままの何十本ものロウソク立てや、さまざまな姿の瀬戸物の天使で埋もれていた。

「もともと線香立てなんてありゃせんのに、どうやって煙草を供えろって言うんじゃ」

「灰皿を探しておきます」

「あーそれで本棚だ、あのへんなら邪魔にならんが、一人で運べるか？」

「中身を抜けば行けますよ」

ところがいざ始めてみれば、どこにもかしこにも積み上がり、隙間という隙間に詰め込んである物量はすさまじく、何もかもが長年に降り積もった埃《ほこり》だらけで、まずは自衛用のマスクと雑品入れの段ボール箱を買いに行かなくてはならなかった。

「ラッパ屋は何時にこちらに？」

「いい、いい、あっちの霊安室で待たせとけ」

そうは言っても、夕方までには迎えられなくてはなるまい。とても一人では片づかないと見積もって、買い物に走る道すがら悠季に電話した。

《はいはい、いま新宿駅だよ》
　思いがけない気の利かせ方だったが、心底ありがたかった。
「出て来てくださってたんですか、助かります」
《声が落ち込んでたから心配でさ。こっちから電話しようと思ってたとこ。とりあえず、どこまで行けばいい？》
「小田急線の東北沢《ひがしきたざわ》駅はわかりますか？　新宿からだと下北沢《しもきたざわ》の一つ手前です」
《うん、わかるよ、だいじょうぶ》
「改札口を出たところで落ち合いましょう」
《駅からの道はややこしい？》
「買い物に出てきたところなので、ついでに迎えに行きます」
《出口は一ヵ所？》
「いえ、二ヵ所です。新宿寄りのほうを出てください」
《了解。じゃ駅でね》
「少し待たせるかもしれません」
《わかった。急がなくてもちゃんと待ってるからね。あわてず車とかには気をつけて》
「ありがとう」
　運よくタクシーを拾えたので、最寄りの量販店まで飛ばして買い物を済ませてから、駅へ向かった。

改札口の前に立っている悠季の姿を見つけたとたん、フッと気持ちがゆるんで視界がぼやけた。指先で目をぬぐって、気を取り直した。

悠季は、タクシーの中に僕を見つけた一瞬だけニコッとし、痛ましそうに曇らせた顔で僕の隣に乗り込んできた。

「初めて伺うのが、こんな時になるなんてね」

「ええ、残念です。もっと早く出かけていれば……」

「楽しい方だったんだろ？　きみのホルンの先生で」

「ええ……」

まだ思い出話に興じられるような心境ではなく、そのまま黙ってしまった僕に、悠季がつとハンカチを差し出した。

いえ、泣いては……

「目の下、黒くなってる。わっ、手だよ、真っ黒！　その手でこすったろ！　なんでこんな汚れてるんだい⁉」

「ああ、ラッパ屋の遺産です」

答えて、なにやら不意に笑いたくなった。

「蒐集《しゅうしゅう》癖《へき》というか、昔から切抜きやら何やら溜《た》め込んであって、まるでネズミの巣のようだと」

そんな巣穴のような彼の部屋で、ホルンの吹き方を教わった……

「でも居心地がよくて、僕は彼の部屋が、彼の巣穴が好きだった。ところがいまはさらに」

ああ、そうか、片づけもできなかったのだ、リューマチで両手が不自由だった彼には……

「さらに蒐集品が増えていて、しかも何もかも埃まみれなので……」

ああ、ダメだ、まるで笑える話にならない。ラッパ屋は何でも笑い話にしてみせたのに……

「ええ……それで」

「マスクと軍手を買いに来たわけね」

悠季がやさしい声で引き取って、受け取ったハンカチを握ったままだった手に、そっと手を重ねてきた。

「で、まだ片づけは途中だろ？　うん、押しかけてきて正解だった」

「はい」

「僕はそういうの得意だよ。任せて」

「はい……」

「お客さん、おっしゃった番地はこのあたりなんですが」

運転手が声をかけてきて、

「あ、あれかな？」

と調子を変えた。

「赤レンガの倉庫です」

「ああ、あれですね。わかりました」

開かずの正面口が全開にひらかれていた、その真ん前にタクシーは止まった。そこから見える変人倉の内部は、古い家具を集めてあるただの物置のような眺めで、ここを守っていた魔法が解けてしまったかのようなもの寂しさを覚えた。

「荷物が？　あ、トランクですか、ええ出します。圭、行くよ。忘れ物してない？」

気がつけば支払いは悠季がしてくれたようで、トランクに押し込んできた段ボール箱の束も悠季がさっさと降ろしてくれた。

「はい、どうもお世話様！　圭、これ中に運んでいいんだよね？」

「持ちます」

「じゃ、そっち半分よろしく。ごめんくださーい」

玲子嬢がいたので、紹介した。

「守村と申します。このたびはご愁傷様です。お手伝いさせていただきます」

「ありがとうございます。あの」

「桐ノ院の友人です。ラッパ屋さんとも一度お会いしたことが。田舎育ちで手伝いは慣れていますので、何でも言いつけてください」

「ありがとうございます、助かります。四時半にご遺体がお帰りになる予定なんですが、まだお迎えの支度が終わらなくて」

「お部屋を片づけ中なんですよね、どちらですか？」

「こちらです」

教授とコン・マスにも引き合わせた。ラッパ屋よりは面識が深い二人に、悠季は丁重に悔やみを言い、さっそく仕事にかかった。用意よくエプロンとタオルを持ってきていた。

「これとこれを動かすんだね。なるほど段ボール箱が入り用だ。ごめん、マスクと軍手ちょうだい。ああ、きみ、その顔と手、洗ってきたら？　箱詰めから始めてるから、洗っといで」

埃よけにタオルをかぶった悠季の仕事ぶりはてきぱきと手早く、またこうした場合の段取りもよくわきまえているようだった。

「村内には年寄りが多かったし、うちの男手は僕だけだったからね。中学生ぐらいから、お葬式っていうと手伝いに行かされてた。どこも自宅でのお葬式だから、片づけ仕事は付き物でさ。子ども心にも、こうやって順繰りに世話になっていくもんなんだ、って思ってたよ」

そんな話をしてから、ふと手を止めて、上目遣いに僕を窺《うかが》いながら言った。

「ええと、ごめん。亡くなった人を軽く思ってるわけじゃないよ。きみにとっては大切な身内だった方なんだし。ごめんね」

何を謝られているのか、わからなかった。

「村のおばさんたちはしゃべりっぱなしにしゃべってるから、ついその習慣がね」

つまりは、話などして気に障ったのではないかと心配してくれたのだ。

「よし、こっちは終わり。どこへ運べばいい？」

「僕がします」

「よろしく」

以後は黙々と作業したが、悠季がしゃべっていてくれたほうが気が紛れて、仕事が楽だったことに気がついた。だがこちらから会話を持ちかけるには、僕の心は重く沈み過ぎて口をひらく気力も湧かず、とうとう黙りこくったままにしてしまった。


ラッパ屋は眠っているような顔で帰宅した。燕尾服《えんびふく》で正装した姿で、長年愛用したベッドに納まった。顔に白布がかけられると、横たわる体はラッパ屋の遺骸《いがい》と呼ぶべき存在になった。

祭壇に灯されたたくさんのロウソクの炎のあいだを、燃え尽きれば誰かが点《つ》け足すショートピースの紫煙が漂い昇る。愛器だったホルンを磨いてやったのは悠季だ。傷だらけの黄色味がかった銀メッキが、揺らめくともしびににぶく輝いている。

夜になる前に棺《ひつぎ》が届き、神父がやって来て、納棺の儀式が行われた。それから通夜祭。ベッドに載せられた棺を囲む、十二脚の椅子が埋まることはなかった。病院関係者や近所の顔見知りといった人々らしい弔問客は、義理を果たすと早々に帰って行ったからだ。

玲子嬢の同僚たちも供花を持って訪れたが、教授が、玲子嬢ともども一時間ほどで帰らせてしまった。あんたたちは明日《あした》も仕事だから、と言っているのが耳に入って、悠季にも予定があるのを思い出した。大学は春休みだが、今週末から一週間の国内ツアーに出るのだ。

「明日も稽古《けいこ》でしょう。もう帰られたほうがいいです」

「きみは泊まり込むんだろ？　つき合うよ。雑用係がいたほうがいいだろうし」

「寝る場所はありませんし、ツアー前の大事な体です」

「一晩ぐらいなんちゃねっけ」

言い張る顔をしてみせた悠季は、さびしい通夜なのを気にしてくれているのだと思ったが、小声でつけくわえたのはべつの心配だった。

「お年寄り二人にきみ一人だけじゃ、何かあったときに困るぞ」

それから教授たちにも聞こえる声で言った。

「晩ごはんを調達して来ようと思うけど、お二人は何がいいのかな」

さっそく教授が口をはさんできた。

「寿司でも取るか、ええ？　通夜の席には寿司と酒がつきもんだ」

「僕はさび抜きだ。かんぴょう巻きも入れてもらってくれ」

「台所の引き出しに、出前のチラシが入ってる。江戸寿司だったかな、ネタがよかったのは」

「誰か来るかもしれないから、十人前ばかり頼もうか」

「来ないだろう。五人前でいい」

「『音壺』には報《しら》せたから、顔ぐらい出すんじゃないかな」

ほう、と思った。知り合いでしたか。

「来るにしたって、明日の葬儀のほうだろう。やつもいい歳だ、通夜までは来んさ」

十二人分の通夜席がぜんぶ埋まることはなかった。だが夜が更けるにつれ、ぽつりぽつりと客が訪れてきて、手向けの煙草に火をつけ、思い思いに故人の話をしては帰って行った。

僕も顔見知りのクラシックパブ『音壺』のマエストロがやって来たのは、深夜も一時を過ぎたころだった。

「やあ」

「おう」

「今夜は来ないかと思ってたよ」

「すまんな、ライブを入れてたもんで。これでも早仕舞いして来たんだ」

「線香代わりに煙草を供えてやってる。ライターはどっかそのへんだ」

「缶ピースか、いつもコートのポケットに入れてたな」

「あんたとの縁はパリからだったか？」

「腐れ縁はな。その前にウィーンで一度会ってる」

「当時は海外で日本人に会うのはめずらしかった。しかも演奏家同士ってのはね」

「なけなしの金をたかられるのがわかってたって、日本語でしゃべれる相手と酒を飲めるのがうれしくって、歓迎したもんさ」

「おたくはたかられたほうか。僕はたかったほうだ」

　とコン・マス。

「こいつにか？」

「僕が向こうに渡ったころは、彼はパリ管にいて羽振りがよかったんだ。長続きはしなかったけどね」

「やたら鼻っ柱が強くて、とにかく喧嘩《けんか》っ早い」

　コン・マスとマエストロは、ラッパ屋の現役時代を知っているのだ。

「半年ぐらいかねェ、居候してたんだけど、この男ぜったい頭がおかしいと思ってたよ。練習から帰ってくると、アパートに入ったとたんに怒鳴り出すんだ。五階まで階段を上がって来ながら、ずーっと怒鳴りっぱなし。部屋に入るとさらにボリュームが上がる。

　日本語とフランス語混ぜこぜで、とにかく知ってる限りの悪態をわめき散らして、それも二時間はやってる。ラッパ吹きの肺活量と体力ってのはすごいもんだと、そこだけは感心したね。

　おまけにその悪態がさ、いちいちタンギングが利きまくってるんだよ。あれは笑えた」

「パリ管に売り込むのに、凱旋門《がいせんもん》の上で三日間吹いたってのは、本当の話か？」

　聞き手にまわっている教授がそう持ち出した。

「三日じゃなくて、三曲だ」

とコン・マス。

「なんだ、フカしか」

教授が肩をすくめ、マエストロが言う。

「だが凱旋門に登って吹いたのは本当だろう?」

「彼の話はどこまでが本当だかわからないけど、たぶんね」

コン・マスはうなずいて、指を折りながら話し始めた。

「一曲目は《ラ・マルセイエーズ》を吹いて、拍手が来た。二曲目は《アンネン・ポルカ》を吹いて、やって来てた警官たちも拍手した。三曲目、彼は得意満面で威風堂々と《ワルキューレの騎行》を披露し、演奏途中で逮捕されたんだそうだ」

ブハッ! と教授とマエストロが吹き出した。

「ワーグナー!」

と教授が腹をよじり、

「馬鹿だな、あいつは!」

とマエストロも爆笑する。

「ま、まだ五〇年代だろう?」

「五四年か五年か、そのくらいだね」

「ナチス占領時代の記憶は、まだまだ冷めきっちゃおらんころだ」

「そこへワーグナー！　まあ、こいつのことだから、ヒットラーのワーグナー好きなんざ知らなかったんだろうがなあ」

「おまけに三国同盟でナチとつるんでた日本人がだぞ、凱旋門でワーグナー！」

「そりゃ、しばらくは臭い飯を食わされたんじゃないのか？」

「警察に身元引受人を聞かれたんで、なるべく偉そうなやつがいいだろうって、パリ管の楽長の名前を言ってみたんだそうだ」

「ガハハハハ！」

「グブッ！　ゲホゲホゲホッ」

「楽長は、会ったこともない日本人から指名されてびっくりしたろうけど、ともかく面会に来てくれたそうでね」

「そりゃまた人の好《い》い大人物だな。当時の楽長っていうと誰だ？」

「ダニカン……だったかな、たしかそんな名前だった」

「知らんな。くるくる楽長が変わってたころだろう」

「ともかくそれが縁で、パリ管に潜り込んだらしい」

「むちゃくちゃだな」

「まあ当時は、コネもつても金もない人間が、欧州に乗り込んで演奏で食おうって志すこと自体が、無茶もいいとこだったからね」

「一ドルが三百六十円だった時代だな」

「飛行機なんか高くて乗れないから船便なんだよ、それも乗り継ぎ乗り継ぎして」

「ん？　もう国際便が飛んどったか？」

「ああ、まだだったかもね。どっちみち僕ら貧乏人には縁がなかった」

「しかしそれでも目指すやつは目指した」

「青年よ大志を抱け！　夢が熱い時代だったんだ」

「夢破れて行方も分からなくなったやつも多いけどね。自殺したやつ、女と逃げて消息不明のやつ。病気して楽器売って、日本へ帰るって出てったきりのやつ……」

「あのころはまだ人種差別もあからさまだった」

「ラッパ屋も、それでいじめられてたようだった。ホルンの腕は俺のほうが上だって、よく部屋で吠《ほ》えてたよ」

「だが結局、パリ管は出たわけか」

「追い出されたんだよね、要は」

「そのあとアメリカか」

「いや、しばらくはパリにいた。やつに転げ込まれて、わしは女に逃げられた」

「そのあと十年ぐらいはヨーロッパだのインドだの転々としてたんじゃないかな。忘れたころに絵葉書が届いて、なんだ、こいつまだ生きてたよ、ってね」

ふと沈黙が降りて、そのまま居座った。悠季が立ち上がって、燃え尽きていた何本かの燭台《しょくだい》に新しいロウソクを立てて灯を継いだ。

「演奏の録音とかは残っていないんですか？」

悠季の問いかけに答える声はなく、聞いてはいけなかったらしいと気まずそうに肩を落とした。

「レコードになるような仕事はしちゃおらんだろう」

マエストロが言い、反論は出なかった。

ホルン一本で身を立てようという志は高かったが、演奏家としての実績は残せなかった男……そんな評価で一致しているらしいのが、癪《しゃく》に障った。

「僕の耳に残っている音からしますと、一流のホルニストでした」

サッとこちらに視線が集まったのを感じながら、僕は思い出の独り語りを始めた。

「ここへ通い始めた夏に、一度だけ聴かせてもらったことがあります。

教授もコン・マスも留守で、たまたま二人きりだった。それまで僕は彼とは話したことがありませんでしたが、ホルンの音色というのをよく聴いてみたいと頼んでみたのです。ホルンの独奏はまだ聴いたことがないのだ、と。

ラッパ屋は、協奏曲を吹くにはオーケストラが必要だと言いました。僕は、ピアノ伴奏ではだめかと尋ねました。弾けるように勉強して来るので、曲を指定してくれと言ったら、ラッパ屋は噎《む》せ返るほど大笑いしました。おまえさんが俺の伴奏を務められる腕前になるより先に、俺は墓の下で塵《ちり》に還《かえ》ってるよ、と」

ああ、耳によみがえる……ラッパ屋のあの独特のしゃがれ声……

「僕はもちろん腹を立て、やってもみないうちから失礼だと咬《か》みついた。

すると、ホルンを習う気があるなら聴かせてやると言うので、承知しました。ただし聴いてみて習う値打ちがあると思ったら弟子入りするが、つまらない楽器だと思えばやりません、と条件を付けた」

「そういう小僧だった。中学生風情が、生意気だけは一人前でな」

教授が述懐をはさんだが、ほかの面々の茶々は入らず、僕は話を続けた。

「ラッパ屋は朗々と一曲吹いて聴かせ、僕は第一楽章の冒頭部分でシャッポを脱いで、彼に教えを乞《こ》いました」

「曲は何だったんだい」

コン・マスが可笑《おか》しそうに小鼻をぴくぴくさせながら尋ねた。

「リヒャルト・シュトラウスの」

と言ったところで、三老人はドッと笑った。

「リヒャルトか！」

「アッハハハハッ、や、やっぱりやつは隠れナチだったんだな、ええっ⁉」

「まあまあ、ご両所、このツボは若い人にはわからないよ」

仲裁顔で手を振ったコン・マスが、

「それで？」

と先を促してきたが、教授とマエストロはまだゲラゲラ笑っている。

「《二番》です」

と答えて、話を終わらせた。まったく、不愉快な。

「カラヤンが戦後しばらく、親ナチのレッテルに苦労した話は知ってるだろうけど、ナチスが残した爪痕《つめあと》は、いまのきみらには想像もつかないほど深かったんだよ」

なだめ口調でのコン・マスの解説も訳知り顔も不快なだけで、僕は席を立とうとした。しばらく座を外して頭を冷やそうと思ったのだが、教授が喧嘩《けんか》を売ってきた。

「おい小僧、眠気覚ましに一曲吹いてみい」

「よせよせ、やつが起き上がってくると厄介だ」

マエストロが迷惑そうに顔をしかめ、悠季が（止めたほうがいいのかな）と迷う目つきで僕を窺《うかが》った。

「五年以上吹いていないなら、音が出ないほうに一曲」

コン・マスがそう手を上げてみせ、

「小僧が吹けなかったら、あんたが弾くって？」

という教授の聞き返しにうなずいた。

「音楽屋の通夜なんだから、そろそろ羽目を外そうじゃないか」

「よし、じゃァ小僧、わしが伴奏を弾いてやる。その前に便所に行ってくるから待ってろ」

教授は立ち上がろうとして大きくよろけ、悠季があわてて腰を浮かせたが、隣に座ったマエストロが手を貸してやって事なきを得た。

「おい小僧、《蛍の光》を奏《や》るぞ。卒業式に歌うやつじゃない、原曲のほうだ。戻ってくるまで練習しとけ」

勝手に宣言して、教授は危なっかしい足取りで部屋を出て行き、

「ええと、ついとくから」

と悠季が追いかけた。

僕は祭壇の前に行ってホルンを手に取り、棺《ひつぎ》の中のラッパ屋に「お借りします」と断りを言ってから、歌口に試しの息を吹き込んだ。

音は出た。

ところが音と一緒にぶっと埃《ほこり》も出てきて、ロウソクの光の中をきらきらと舞うではないか。

そのきらめきは、ラッパ屋の笑いのように思えた。半ば咳《せ》き込むようなウホッウホッという笑い声の代わりに、ほがらかにきらめく埃が舞い散っていく。

そんなに笑わなくてもいいでしょう、と僕は胸の中でやり返した。大事な楽器をこんな埃だ

らけにしたのは、あんたでしょうが。

おまえが吹きに来なかったからじゃないか、とやり返された。

美人の女房に夢中で、すっかりお見限りだったもんなァ、薄情な弟子だぜ。

それについては一言もありませんが……

いいんだよ、若いもんは忙しいんだ、目の前のこと以外は忘れちまっていいんだ。そのうち年食っていやでも暇んなって、そういやァそんな友達もいたっけって思い出す。

まあそんときに、チクショウ、あの野郎に顔向けできねェ人生にしちまったなァ、三途《さんず》の川の向こうじゃ会いたくねェなァ、なんて思わねェで済むような生き方をしてくりゃいいのさ。

……一つだけ聞きたい。幸せでしたか？

さてね……たぶんな。おまえさんがラッパの埃で引っくり返るほど大噎せしてりゃ、もっと面白かったんだがね！

「ご期待に副《そ》えず、失敬」

自分の冗談に自分で噎せ返っている、ラッパ屋の笑い咳《ぜき》の声を耳の奥に聞きながら、僕は埃をよけながら胸半分に吸い込んだ息をホルンに吹き入れた。

教授ご指定の『原曲』とは、スコットランド民謡《オールド・ラング・サイン》のことで、日本で親しまれている《蛍の光》とは少し旋律が違っていたと思うが……はっきり覚えていないので知っているメロディーでお許し願おう。

長年のさぼりで忘れてしまっていた、音程を正しく取るコツを体が思い出したころ、やっと教授が戻ってくる物音がしたので、練習を終わりにした。ずいぶん長いトイレだ。

付き添いを務めた悠季が、なんの意味か小さくOKサインをしてみせたので、(お世話様でした)とうなずいた。

「ピアノの鍵《かぎ》が見つからんから、歌う」

下手な言いわけをぶつくさ言いながら、教授がガタゴトと席に落ち着いた。

「スコットランドの詩人、ロバート・バーンズがつけた歌詞だ。ほれ、前奏」

ん~、たしか最後の四小節ぐらいか。日本語歌詞だと『明けてぞ今朝は』のところから。

僕は吹き始め、教授が歌い出した。

達者な発音で歌われていく詩の大意を訳せば……旧友は忘れていくものだろうか、古き昔も心から消え果てるものなのだろうか。友よ、古き昔のために、親愛のこの一杯を飲み干そうではないか……というような、古き友との再会を祝して酒を酌みかわす乾杯の歌なのだった。

二番、三番と教授は歌い進み、僕も吹き続けた。リフレインをはさんでは続く歌詞の五番目に来たときだった。

……いまここに、わが親友の手がある。いまここに、われらは手を取る。

不意に涙がこみ上げた。

……いまわれらは、良き友情の杯を飲み干すのだ。古き昔のために。

奥歯で食い止めて息を揺らすまいと闘ったが、喉《のど》が詰まる。

……友よ、古き昔のために、親愛のこの一杯を飲み干そうではないか！

最後のリフレインを、三人が声を合わせて歌い終えたとき、僕のホルンは涙に塞《ふさ》がれて沈黙してしまっていた。

「ははははは、小僧、泣くな！」

教授がバシンと僕の尻《しり》をぶった。

「うん、よしっ、おまえはラッパ屋のいい弟子だった！」

「ホルン吹きにはならなかったところがミソだな」

マエストロが人の悪い茶々を入れ、いっそ思いきり泣き崩れてみたかった僕を笑わせる。

「桐ノ院オーケストラに食えないホルン吹きを拾ってやる、『ラッパ屋』杯コンクールってのはどうだい」

コン・マスが言い、マエストロが鷲鼻《わしばな》をうごめかせた。

「ただのオーディションよりは、やつ好みだな。人を蹴落《けお》とすのが大好きじゃった」

「『音壺』で仕切ってやるかい？」

「新設する気か？　まともな給料が出るオケなのか？　うちは貧乏人の客はいらん」

「話を先走らせないでください」

止めを入れた僕を、三人がグイとにらんできた。

「ちゃんと考えますから。いまこの場で軽はずみな空証文は切りたくない」

「馬鹿もんが。冗談だわい」

教授が照れ隠しのような渋面を作って言った。

「なんだ、冗談話か」

マエストロが（つまらん）と下唇を突き出した。

「けしかけとるところだ。金持ちボンボンの暇つぶしは、それぐらい豪快でなきゃァ」

「言えとるが、ボンボンってやつらには土台からして骨がない」

「おい小僧、バッサリやられとるぞ！　反論はないのか、反論は」

「その手には乗りません」

「三十過ぎて、つまらん男になりおったなァ」

「まだ過ぎていません。なんとでも言ってください」

取り合わない僕に、教授はまだあれこれ言ってきたが、しゃべるためのしゃべりのネタにされているだけなので放っておいた。マエストロとコン・マスは疲れた顔で沈黙している。悠季はちらちらと二人を気にしている。気がかりなのは老人たちの体調か。

やがて教授も耐えかねたような大あくびをして口を閉じ、通夜の場は静寂の領地になった。

もう明け方が近いのか、暖房は働いているのに足元が冷えてきたのを感じながら、僕は、静かになった部屋の主の黒塗りの棺《ひつぎ》を眺めるともなく眺めていた。

波瀾《はらん》万丈の人生を終えて、ラッパ屋はまもなく元の塵《ちり》に還《かえ》る。遺《のこ》したものは、友人たちの記憶に刻まれた断片的なエピソード……彼が経験した出来事や思いのすべてを知る者は、彼独りであり、僕らが知る以上の彼を物語れるほどに彼を知っていた者も、おそらくはいない。

だが思えば人というのは、誰もがそんなものではなかろうか。

僕らがそれぞれ『個』である以上、孤独であることは本源的な属性として僕らに内在する。考えを分け合ったり行動を共にしたり、思いを通じさせることは可能だが、いずれも一部はという但し書きがつき、思索や感情を共有するのは不可能だ。僕と悠季のように深く愛し合い、たがいをすみずみまで理解し合いたいと願い続けている二人のあいだであっても。

……ゆえに人は、詩や絵画や音楽といった芸術を必要とした。

いかんともしがたく孤独なるがゆえに、人は、多少なりとも情感を共有し得る手段を探し求め、そうした探求の結果の一つとして『音楽』を生み出した……

ああ、そうなのだ……さきほど僕を泣かせたのは、言葉と音楽が融合した『歌』が持つ、強い共感性の作用であり、あのとき僕はたしかに、教授やコン・マスやマエストロがラッパ屋に寄せる友情を、おのが心で味わうがごとくに感得していた。

孤独が、知性を得たことでヒトに宿命づけられた呪いならば、音楽は、知性と感性と技術の精練によって呪いの一端を解く試みだ。

ああ……だから僕は音楽に魅《ひ》かれ、音楽家になりたいと希求したのだ。やっとわかった……

ふうと吐いた嘆息で、現実に戻った。

見れば教授たちも悠季も、徹夜疲れに居眠りしている。

そっと立ち上がってロウソクを何本か点《つ》け直し、煙草もと思ったら、缶は空になっていた。

まあ、いいでしょう。これだけ煙ればラッパ屋も満足のはずだ。

しばらくして、悠季が居眠りから覚めた。手の陰であくびを嚙《か》み嚙み、腕時計を覗《のぞ》き込んで、僕に何か言おうとした。

「禿山《はげやま》の一夜は明けたようだね」

いつ起きたのか、コン・マスが言って、耳を澄ますようなしぐさをした。

「このへんには啼《な》くニワトリもいないけど、夜明けの気配はなんとなくわかるんだ」

あとの二人も目を覚まし、教授がガラガラに嗄《か》れた声で言った。

「小僧ども、大戸をあけてみろ」

悠季が僕に目くばせを寄越しながら立ち上がり、僕も続いた。

開かずの正面口は昨日のうちに何度か開閉されて、錆《さ》びついていた蝶番《ちょうつがい》も多少は回りがよくなったようだ。

かんぬきを外して引き開けると、すがすがしい暁の空気が流れ込んできた。

「ああ……ほんとだ、もう空が明るいや」

悠季が腕を上げて大きく伸びをしながらつぶやいた。

徹夜明けの目に映る、しらじらと明るくなっていく風景には、独特の気抜け感があるものだが、その朝、僕が味わったのは、まさにムソルグスキーの交響詩《禿山の一夜》（リムスキー・コルサコフ版）の終曲部が表すような感興だった。

……魔が跳梁《ちょうりょう》する狂騒の一夜を共にした憑《つ》き物が落ちて、救われた安堵《あんど》を覚える一方、興奮が醒《さ》めたあとの空虚感がみょうに心寒い、とでも言うか……

「いいお通夜だったけど、皆さん完徹しちゃって、だいじょうぶかな」

悠季が小声で心配をする。

「葬儀は午後からですので、めいめいそれまで休むでしょう。きみはどうされます？」

「そろそろ電車が動くだろうから、なにか温かいもんでも作って帰ろうかな。京都式に朝粥《あさがゆ》なんてどう？」

「僕がやりますよ。きみは早く帰って、少しでも寝てください。稽古《けいこ》は午後でしたね」

「源太郎《げんたろう》さんとだから、キャンセルも利くけど……」

悠季は迷い顔をしたが、そこまでさせるほど深い縁ではない。

「もう充分務めていただきました。これ以上はラッパ屋も恐縮しますから、どうか」

「そうかい？　でも……あ、きみ喪服はどうする？」

「実家にありますので、着替えに行きます」

「じゃァ、皆さんにご挨拶《あいさつ》して帰るね」

駅まで送っての戻り道、街路樹の桜が一輪咲いているのを見つけた。

ラッパ屋のベッドの脇に貼ってあった埃《ほこり》に煤《すす》けた切抜きの一枚が、西行《さいぎょう》法師の『願はくは花の下にて春死なむ』を記した花景色だったのを思い出した。

クリスチャンのくせに……と思いつつ、願いがかなったのかどうか微妙ですねと考えた。

ラッパ屋はどういう負け惜しみで答えただろうか。

葬儀を終えた夕刻、小さな骨壺《こつつぼ》に納まったラッパ屋を抱いて戻った変人倉で、コン・マスから教えられた。近日中にここを引き払って、シニアリゾートに移る、と。

「もしや南伊豆とは、それですか？」

「うん、そう。日本のニースの、海が見える一等室だ」

疲れた顔に透明な笑みを浮かべてコン・マスはそう諧謔《かいぎやく》したが、おそらくは老人ホームかケアハウスといった施設なのだろう。だから教授はピアノを手放すのかと、納得がいった。

「南伊豆のどのあたりですか？」

「マイ・オケを引き連れて慰問に来るなら教えよう」

「僕と悠季のデュオではいけませんか？」

「きみのピアノは教授に酷評されてる」

「チェロもやりますので」

コン・マスは考えるように首をかしげて謎めいた笑い方をし、僕は押しをかけた。

「僕が編曲した《桜さくら変奏曲》は、まだ聴いていただいていないと思いますが。バイオリンとピアノまたは通奏低音のための曲です」

「出来はいいのかい？」

「保証します」

「では暇なときには遊びにおいで。石廊崎《いろうざき》の近くだ」

「では、いずれ」

というあいまいな言い方にしたのは、そうした約束が僕を縛る重荷になることを嫌って、コン・マスは言葉を濁すのだと察したからだ。

引っ越しを手伝うと申し出たが、案の定、断られた。毎月通おうと決めた。茅ヶ崎《ちがさき》の施設にいるハツの見舞いと兼ねて、南伊豆まで足を延ばせばいい。

帰り際、二人と初めて握手をした。僕の姿が見えないコン・マスにはハグもしてみたら、こんなにデカい男だったのかと呆《あき》れられた。コン・マスの背中は枯れ木の手触りだった。

変人倉をあとにして駅に向かう道すがら、もう二度とこの道をたどることはないだろうと考えて、心の奥底を鋭くえぐられるような感傷を覚えた。思わず取って返したくなって足を止めたが、振り返ることはできなかった。

時は過ぎ去るものであり、人もまた去るものであり、僕の揺籃《ようらん》の地であったあの場所もおそらくは消えてなくなる。だが耐えるしかないのだ。どんなに名残惜しかろうが人生とはそういうものなのだと、彼らに教えられたばかりではないか……

後ろ髪を引かれる思いに重い足取りで歩み出しながら、ふと頭に浮かんだ旋律を口ずさんでみた。……晴れたる青空　ただよう雲よ　小鳥は歌えり　林に森に……

ベートーベン作曲《交響曲　第九番　ニ短調『合唱付き』》終楽章コラールの一節である。シラーの讃歌《さんか》『歓喜に寄す』を歌詞とするこの曲が、なぜいまこの場にふさわしい気がするのか。僕にはわからなかったが、ならばラッパ屋のリクエストかもしれないと思ったら、するりと何かがほどけた感じがした。

こうやって人は乗り越えていくのだとうなずくには、まだしばらく時間が必要だが。

銀の匙のサンバ

バイトを終えて、切ってあった携帯の電源を入れたら、留守電マークが出て来た。

「ありゃ、誰だい」

とりあえず再生をかけたところが、殿下からだった。

元M響常任指揮者で、現在はM響の正指揮者の一人、かつ常任復帰のオファー（たぶん再三再四ぐらいはやってるはず）になかなかウンと言わない、桐ノ院《とうのいん》圭《けい》殿下である。

深い響きを帯びた独特のバリトンが、録音に残していた伝言は、《桐ノ院です。連絡をください》の二言のみ。

「さーて何のご用でしょうかねェ」

M響方面かフジミ関係か、どっちだろうねェと思いながら、アドレス帳から呼び出した番号に発信した。待つこと5コール……6コール……つながった。

《桐ノ院です》

とぶっきらぼうに出やがったんで、こっちも、

「飯田《いいだ》です」

だけで黙ったら、間が空いた。やつでも面食らうことがあるんだわ、笑える。

《失敬、用件は飲み会です》

「う?」

 こんどはこっちが面食らわされた。殿下が飲みに誘ってくるとは、めずらしいこともあるもんだ。

「いいよ、いつだい？」

《その相談をしたくて電話しました》

よし、やっと会話になった。

「どのへんだい？　今週……は無理だな、たしか。来週あたりで？」

《火木土以外でしたら、僕はいつでも》

という返事だった。つまりフジミの練習日以外だ。

「ってことは夜飲みだな」

《昼間でもかまいませんが、あるていど時間の余裕があるほうがいいので》

「昼から飲み始めて朝までって手もあるぞ」

というのは冗談だ。昔はやったが、いまはそこまでの元気はない。

「んで、サシかい？　ほかにもメンツが？」

《いまのところ、宅島《たくしま》を誘う予定です》

「宅《たく》ちゃんって、おたくのジャーマネ？　守《もり》さんは？」

守さんこと守村悠季《もりむらゆうき》……とは、殿下の最愛ラブラブなゲイ妻で、一昨年《おととし》のロン・ティボーで優勝してピン立ちした（ってのは、ソリストとして独り立ちしたって意味だ。まあ、まだ三十だから勃《た》ち方だってピンに違いないが）、売り出し中のバイオリニスト。出身音大の講師業とリサイタル活動の二本立てで、忙しいようだ。
《声はかけますが、日にちしだいになると思います》
「だろうね」
話しながら片手でめくっていた手帳が、やっと入り用のページをひらいた。
「ええと来週なら、月曜か水曜だな」
そのメンツなら気楽に飲んだくれる会ではなかろうから、水曜でもＯＫだ。
《では水曜を押さえさせてください》
「あいよ。場所は？」
《『音壺《おとつぼ》』を考えていますが》
「あ〜？　『音壺』かよ。社長が密談するんなら料亭だろ」
宅島マネージャーは、Ｔ＆Ｔってマネージメント事務所（有限会社だ、名刺によると）を作って社長をしてる。
《神楽坂《かぐらざか》でよければ、座敷を取ります》
「おう、いいね！　芸者付き？　神楽坂だったら、まだ見番があったろ」
もちろん冗談だったが、

《若手がいるかどうか知りませんが、ご希望なら》

なんて返事が大真面目な調子で返ってきて、

「やだよ、いらねぇよ、どんなおっかない話をする気だよ」

と逃げを打った。

なにせ殿下にはフジミに引っぱり込まれたマエがある。会費まで払って、言っちゃなんだがへたっぴいなアマ・オケにつき合わされ、棒振りの代理までやらされたもんだ。

まあ、あれはあれで面白い経験だったし、フジミの諸君との楽しいご縁を切る気もないが、あいにくあのころに比べて俺は多忙だ。

妻子の数が三人に増え（もちろん増えたのは娘の数であって、妻はいまも愛する清美《きよみ》一人だ）、長女の香奈《かな》には学費がかかるようになったし、真奈《まな》もすぐに幼稚園に上がる。

清美は、二人を大学まで出す費用をはじき出し（それも音大にやる計算でだ）、「月に十万は貯金しなくちゃ」と悩殺モードの上目遣いで宣言した。生まれたときから掛けてる学資保険の上に、まだそれだけいるんだと。

結婚の条件だったんで買うっきゃなかったマンションのローン、防音工事を足さなきゃならなかったぶんのローン、あと五年は残ってるチェロとピアノのローンに、各種保険料やらマンションの共益費や税金その他もろもろ……プラスの十万だ。甘くない。

というわけで、いまの俺には、やたらなボランティア話に巻き込まれてやれる余裕はない。

「しかし、なんで神楽坂だい」

そういやスパッと限定で来たよな、おい。

「なじみの料亭があるってか？」

ツッコんでやったら、

《飯田橋《いいだばし》から近いですので》

とかボケやがった。

「シャレにはなってねェなあ。ま、努力賞」

んで、

「じゃァ『音壺』な？　何時？」

《ご都合は？》

「店が開くのが六時ごろだろ。俺は六時でいいよ」

《では、そのように》

「水曜、六時、『音壺』な、はいよ」

《よろしく》

事務的ではない声の響きを耳に残して電話は切れ、俺は用の済んだ携帯をポケットにしまいながら、ひさびさにワクワクしているのを自覚した。

う～ん……気をつけろよ、ＭＨＫ交響楽団・第四チェロの飯田弘《ひろし》クン。何を考えついたか知らないが、殿下の放蕩《ほうとう》はハンパじゃないぞ。庶民、危うきに近寄らず、なんてな。面白そうな話にこそ気をつけろ、だ。

さァて、帰ろう。

チェロケースを背負い上げて、忘れ物チェック、消灯、部屋を出て施錠。受付ブースで係のお姉ちゃんに鍵《かぎ》を返して、楽器店の二階の『音楽教室』フロアをあとにした。

ここは趣味で楽器をやりたい大人が、気軽に個人レッスンを受けられる、一種のカルチャー教室だ。ピアノのほかに弦楽器や管楽器、打楽器、和楽器など何でもござれで……おっと歌もあったか、シャンソンにゴスペル。演歌はねェようだが、希望者が来れば講師は見つけてくれるんじゃねェかな。で、看板の科目が一つ増える……生徒はレッスンコースに応じた月謝を払い、時給で雇われる専門講師の指導を受ける。

この手の音楽教室は、一駅に一店舗ぐらいの分布ぶりで繁盛していて、俺も三ヵ所の教室で四人の生徒を教えている。

一回一時間のレッスンを月四回の標準コースなら、生徒さんが払うのは月額一万五千円。俺の時給は二千五百円。差額は教室のぼったくりだが、そのかわり生徒のキャンセルで月に二回しかレッスンできなかった場合でも、四回分の講師料が補償される。これは大きい。社会人の生徒諸君は、仕事の都合などでけっこうドタキャンやら入れてくるのだ。

ちなみに生徒のほうには、いっさい返金はない。一回しか来られなかった月は、ワンレッスンが一万五千円也《なり》だ。

ただし恐ろしいことに、生徒には講師をキャンセルする権利があって、気に入らない講師は交代させることができる。クビになった講師への支払いは時給計算で、次の生徒がつくまでの休業補償なんぞはない。要はアルバイト身分だから、そのへんのあつかいは文字どおり現金そのものだ。

俺はいまのところ稽古《けいこ》熱心な生徒に恵まれていて、週に四時間、月で十六時間しっかり働かされている。収入は〆《しめ》て四万円。これと、師匠のところでの学生相手の代稽古《だいげいこ》のギャラ（こっちはまだ安い）が俺の小遣いで、昼めし代や楽隊仲間との交際費、チェロ関係の消耗品費その他の雑費に充《あ》てている。

教室の生徒たちの年齢は三十代から六十代、全員、男。そのうち三人はアマチュアのオーケストラや室内楽団の団員で（所属はそれぞれ別々）、個人レッスンを取れるだけの資力と時間がある、優雅な身分の趣味人たちだ。なぜか二人は開業医。教えているのは団活動でやってる曲で、モーツァルトが多い。

残りの一人はちょいと変わり種で、俺の経歴に目を付けたM響狙いのプロ・オケ団員だ。やつのオケは給料が安くて食うのにカツカツなんだそうで、俺の推薦でオーディションを受けようってわけだが、あいにくとまだチェロの募集がない。センスも腕もいい真面目な男だが、空席が出ないかぎりはどうしてやりようもない。

一年辛抱してもらったが、そろそろ教室はやめさせて、俺の家でのレッスンに切り替えようかと思っている。おおよそ人柄もわかったし、推薦するチャンスが来たときには延原《のべはら》の名前ももらえたほうがいい。近々飲みにつき合わせて、酒が入るとどういう人間か見てみよう。

教室への出入りには、客である生徒は楽器店の中の階段を使うが、講師はスタッフ用の裏口を使う。裏階段を下りて、店の横手の一通路地に出たところで、「先生」と声をかけられた。

今しがたレッスンを終えた相良《さがら》医師が、スポーツタイプのシルバー・ベンツの運転席から見上げていた。会社員なら定年ちょい過ぎという年頃で、禿《は》げは隠さず服の趣味は若い。

「駅に行かれるなら送りますよ」

白い歯がキラリンという感じのエネルギッシュな笑顔が言った。

「や、積載オーバーでしょう」

「詰めれば載るんじゃないかな」

いやいや、2シーターのトランクにチェロ二挺《ちょう》は無理ムリ。

「おっと、後続が来ましたから。また来週」

「ああ、その件その件。言い忘れたんですが、来週は学会で福岡に行かなきゃならないんで」

「レッスンは休みですね、了解です」

後ろから来ているのは客を乗せたタクシーだ。すぐさまクラクションを鳴らしてくるぞ。

「それと先生」

相良氏が言いかけたところで、案の定クラクションを鳴らされた。

「うるさいな」

と氏は顔をしかめたが、一車線しかない道を塞《ふさ》いでいるほうが悪い。

「電話をください」

と話を打ち切りにし、

「それじゃ」

と愛想よく手を振って発進を促した。そこへまた催促のクラクション。

「じゃァ、のちほど電話しますので」

「はい、よろしく」

タクシーごときに急《せ》かされて不満そうな院長氏にもう一度手を振って、ベンツを行かせ、仕事中を邪魔された運ちゃんに（すまんね）と会釈して歩き出した。駅へは、一方通行を十メートルばかり逆進してアーケード街へ入れば、徒歩でも五分ほどの道のりだ。

商店街を行きながら、話ってのは何だろうと考えた。

相良氏は内科医院の院長で、昨年の春に勤務医で修業していた息子を副院長に迎えて、いちおう悠々自適の身になったそうな。そこでこの機会にと、前々から誘われていた医者仲間の室内楽団に入ったのだが、医大時代には鳴らした腕がすっかり錆《さ》びついていた。ひそかにブラッシュアップしようと教室に来たのだそうだが、この半年でだいぶ錆《さび》は落ちたと思う。

　医大の学生オケで、どのていどの演奏をしていたのかは知る由もないが、長年のブランクと年齢を考えると、アマチュア演奏家として悪くないところまで持ってきている。

（ってェことは、もう教室はやめる、って話かなァ）

　それならそれで仕方がないが、月々の小遣い銭が一万減る。やっていけないほどの痛手ではないが、痛いには痛い。

（来月には向こうの両親の結婚三十年目の）

　まで思って、ハッと青くなった。

（そういや、レストランがまだ決まってねェぞ！）

　清美の希望で、カルテットの生演奏付きの夕食会をプレゼントすることになり、バイトしてもらうメンツは確保したが（ギャラはもちろん俺の懐から出す）、持ち込みで生演奏をやらせてくれるフレンチ・レストランって難題が、まだ片づいていない。

　いくつか候補は見つけたのだが、清美が期待しているのは高級かつ有名なレストランだとわかって振り出しに戻った。

「そういうお店なら、生演奏も歓迎してくれると思うの」

　と清美は言うが、じっさいは逆だ。そこで、名のある高級店でしかも貸し切りが利く規模の店という再設定で探し直していたのだが（大きな店でも、カネさえ払えば貸し切りにはできるだろうが、こっちの顎《あご》が干上がる）、そう簡単には見つからず、いつしか忙しさにまぎれて後回しモードに入ってしまっていた。

Xデイは決まっていて、すでにご両親様には清美の口から予告済みらしいから、どうにか何とかするしかないが……思うだにヤバい。

（ん？　殿下なら、心当たりねェかな）

というのは、『溺《おぼ》れる者は藁《わら》をもつかむ』という諺《ことわざ》そのまんまの苦し紛れだったが、同僚方面からの情報はすでに使い尽くして全滅している。思いついたが幸いと、頼ってみるほかに道はない。

俺はさっそく電話をし、殿下は相談に乗ってくれた。

《場所はどこでもいいのですか？》

「都内ならな。東京都内だぜ、ウィーンとかパリとかはナシ」

《それはそうでしょう。日にちは？》

俺はXデイを告げ、ほかに条件はあるかと聞かれて、予算を言った。

《なるほど》

という返事の前に空いた、海外特派員との電話でのやり取りの実況中継みたいなタイムラグは、リッチな殿下と庶民の俺のあいだに横たわる経済感覚の海峡幅のせいだったに違いない。

「金に糸目をつけないで済むんなら、殿下にまで相談するほど苦労してねェって」

　遠慮なく笑ってやって、本題に戻った。

「んで、どっか心当たりはありそうかい？」

《情報通を気取るのが趣味の男がいますので、探させます。二、三日いただいてもかまいませんね？》

「いいけどよ、当てにしていいかい？」

　気取るのが趣味、というフレーズは信頼を寄せるには危なっかしいように聞こえたのだが。

《沽券《こけん》にかけて見つけてきますよ》

　と殿下が請け合う。

「んじゃまあ、頼ンます」

　と頭を下げて電話を切った。

　それにしても、酒代を含めた食事代が四人分で十万以内というのは、絶句されるほど安い予算設定とも思えないが。そのほかに楽団とベビーシッターのバイト代もいるし、花束や記念品も買わなければならないのだ。

「やれやれだぜ……」

　俺の親たちの金婚式もたしか近いが（再来年か、その次あたりだったはずだ）、清美には黙っていよう。親父もおふくろも、派手なことはしないでも喜んでくれる。それこそ『音壺』での記念リサイタルで充分だろう。俺も、演目の準備に気合いを入れるほうがよっぽど楽しい。

さてカレンダーは四月に入って二週目、東京の花見シーズンは終わりに近づき、幼稚園・小中学校から高校大学・専門学校までの入学式がつぎつぎとテレビニュースに乗るころ。

俺は約束どおり、クラシックパブ『音壺』での飲み会に出かけた。

週に一日は確保することにしている完全オフ日に当たったのは、月曜日か水曜日かの選択で水曜を選んだ殿下のくじ運のよさだが、俺としてもチェロケースを背負って歩かずに済むのはありがたい。

休日の外出なんでラフな格好を決め込んで、マンションを出た。

清美は午前中のうちに、娘たちをつれて実家へ行った。母親が腰を痛めたとかで、二、三日泊まりがけで手伝ってくるそうだ。まあ腰痛云々《うんぬん》は、例によって半分口実に違いないが。目に入れても痛くない一人娘を、みすみす県外に攫《さら》われた両親は、何かと理由をつけては帰省を奨励するし、清美も上げ膳《ぜん》据え膳で羽が伸ばせる実家が大好きなのである。べつにいいんだが。

ともかく今夜の俺は花の独身の身分！　とはいえ清美と出会って以来、風俗系のアソビは卒業したし、今日のメンツじゃ「二次会はキャバクラだ！」ってな気勢も上がらない。

まあ、おとなしく飲んで地味な話につき合って、電車で帰れる時間に家に帰り、イヤホンなしで深夜テレビも見放題の静かな夜でも楽しもうじゃないか。

六時ちょい過ぎに店に着き、開店したばかりのドアを入った。

殿下と宅島氏は先にご入来で、ピアノが置いてあるステージやサービスカウンターから一番遠いテーブルを取っていた。

「よっ、おばん」

「どうも」

「おひさしぶりです」

「そっちがお見限りだからだよ」

「その文句はボスに言ってやってください」

「守さんは？」

「遅れて来ます」

「んじゃ、宅ちゃんの隣にしとこう」

なんてやり取りで、四人掛けの席の殿下の向かいに腰を下ろした。

「飯田さん、食事は？」

宅島氏がパウチしたメニューを寄越したんで、受け取った。

「まだだよ。そっちは？」

「ディナー・セットを始めたそうなので、それにしようかと」

「なんだよ、マエストロもいよいよボケたか？」

「どういう意味だ」

と頭の上から降ってきた塩辛声の主《ぬし》を振り仰いだ。

「食事メニューを増やしたってことは、ボケでも出て代替わりかね、と思ってさ」

元楽隊のマエストロは、ここにやって来る現役たち全員のOBみたいな存在で、遠慮のない口を叩《たた》き合うのが常連客の作法だ。

「娘んとこの長男坊主がコックの資格を取ったんでな。長年まずいと評判だった食い物にちっと力を入れてみることにしたのさ」

「ありゃありゃ、安く飲めるのが値打ちの店だってのに？」

だが軽口を返しながら目を通したディナー・メニューは、ランチに毛が生えたていどの値段だった。

「え、これでやれるのかい？」

「注文があればな」

「あいあい、んじゃ俺はミラノ風カツレツ・セットを……パンで」

「僕はスズキのナポリ風ポワレをいただきましょう。パンで」

「俺は牛肉の赤ワイン煮込みをライスで」

「ってなると、まずはワインかい？」

「メニューは裏だ」

「なんだ、ワインの種類は一緒か」

「ハウスワインでよかろう。『エスト・エスト・エスト』の樽物《たるもの》だ」

「辛口の白か。ンじゃ俺はそれで」

ほかの二人も同じくだったので、デキャンターでもらうことにした。

「孫ストロはイタリアンなんだな」

マエストロの孫だから孫ストロ、というていどの言葉遊びでは笑いも出ない。

「娘さんもイタリアから帰って来られたのですかね」

「そういや、あっちで結婚してたんだったよな」

おたがい、マエストロに関してはそのていどの事情通である。

「あ、そういや宅島氏、店探しの件ありがとさんな」

「いえいえ。下見には行かれましたか？」

「乃木坂《のぎざか》のあそこに決めたわ。スペース的にもちょうどいい感じだし」

「音響がどうだろうって、ボスが心配してましたが」

「スタジオ並みとはいかないが、天井が高いからまあまあ行けると思うね」

「ここですと、それなりに空間設計がしてあるのですがね」

「フレンチなんだよ、注文が。それも本格フレンチ！　うちの清美ちゃんはリッチ趣味でさァ」

「飯田くんは愛妻家ですね」

と殿下が苦笑した意味はよくわかる。清美の価値観は土地成金系のスノッブな両親の薫陶を受けて、本物の洗練と金ぴかとの見分けがつかない。

まあ俺だって一般庶民の出で、殿下みたいな上流階級から言わせると、物を見る目も俗っぽいんだろうが、芸術音楽に携わる端くれとしてそれなりの審美眼ないし美学は持ちたいから、俺なりに勉強しているし、清美のことも俺なりにじわじわ教育しているつもりだ。

「そういや上野にルーブル展が来てるが、もう行ったかい？」

「いいえ。来週あたりにでも二人で行こうと思っています。少しは混雑もマシになっているのではないかと」

「ふ〜ん。ルーブル美術館で観てますとか言うかと思ったが」

「僕も悠季も観ている物だとは思いますが、二人では観ていませんので」

「あっそ、ごちそうさん」

のろけやがってとフテてやったら、殿下はさっきと似た苦笑を作ってみせた。

「彼は美術品の鑑賞にはあまり興味がありませんので、上野あたりに良い物が来たときには、アナリーゼ代わりに引っぱって行くのですよ」

「ウンチクの独演会をやれるのが楽しいってかい」

「やらせていただけるならお誘いしますよ」

「殿下、好きそうだよな、そういうのしゃべるの」

「ええ。上野の西洋美術館にあるロダン作『地獄の門』のレプリカの解説だけで、一時間はやれます」

「老後の楽しみにとっとくわ」

と逃げたら、

「相変わらず多忙ですか」

と窺《うかが》う目をされた。

そろそろ本題が来るか？

「貧乏暇なしってやつでね」

という予防線だけじゃ防衛ラインが弱そうなんで、近況をつけくわえることにした。

「外で何人か生徒を持ってんだが、その中に室内楽をやってるのがいてさ。本業は医者で、音楽仲間もぜんぶ医者っていう連中なんだが、そこのアンサンブルの指導を頼まれてね。先月末から週一で始めて、今週が二回目だ」

ワインが来たんで、イタリア式にテーブルに置いてあったグリッシーニをつまみに、食前の喉《のど》湿しを飲み始めた。

「あ、そういやよ、フルートとチェンバロが入るモーツァルト物で、コンチェルトじゃねェ曲っての、なんか知らねェかい？　ソロやれるほどの腕じゃねェんだ、フルートが」

殿下は興味を惹《ひ》かれたようだった。

「チェンバロは通奏低音でいかようにも絡められるとして、フルート以外の編成はどんなふうです？」

「バイオリンが三本、ビオラが一、チェロが二、縦笛系なら何でも吹いちまう笛フェチが一、リュートでもギターでも爪弾き系なら任せろって何でも屋が一で……合わせて十人だ、いまんとこ」

「医者って忙しい商売みたいですけどね」

宅島氏が不思議そうな顔をした。

俺は喜んで、医者先生たちから聞いた話を開陳してやった。

「若い勤務医だと夜勤だの救急当番だので、恋人と寝る暇もないぐらいらしいが、勤務医でも上のほうだったり開業医の先生たちは、けっこう趣味も持ってるようだぜ。

それと、もともと勉強が得意な連中がなる職業だからかねェ、みんなかなりの腕なんだ。子どものころにピアノを習ってた率が七割ってのが、すでにハンパじゃねェが、受験勉強の息抜きにリコーダー吹いててハマったとか、音大に行けって勧められたが医学部を選んだとか」

「では、腕前はセミプロ級ですか？」

殿下が興味津々な顔で聞いてきた。

「ばらつきがけっこうある」

「ふむ」

「病院をまわって慰問演奏をやろうじゃないかって話が持ち上がって、人前でやるならそれなりのアンサンブルをってんで、俺に話が来たんだ。フジミでおまえさんの代振りをやらされた経験が役に立ってるよ」

おかげで教室の生徒は一人減ったが、実入りは増えた。週一回、基本的には三時間のアンサンブル指導で、一回一万円。仕事の中身も個人レッスンより面白い。

「秋ぐらいから始めたいんだそうで、選曲も含めて計画を練り始めたところなんだ」

「モーツァルトにこだわりが？」

「俺としちゃ、病人やじじばばに聴かせるにゃポピュラーのほうが向いてると思うんだがね。そっち方面はくわしくないし、楽譜を探しに行く時間もなかなか取れなくてよ」

そこへやっと食事がやって来た。

「混んでもねェのに待たせたじゃねェか。ポッキーとワインでいいかげん腹ができちまったぞ」

俺の文句に、顔なじみのウェイターはニマッと笑って、

「ディナーって言っても、飲み客用のサイズなんですよ」

と皿を置いた。

「なんだい、ワンプレートってやつかい？　いやにお上品なカツだな」

「品数を盛り合わせてるんで、飲みながら召し上がるにはちょうどいい量だと思いますよ」

「メタボの客も多いし、ってか？　マエストロの親心ってかい」

「ワイン、お持ちしますか？」

「ああ、頼むわ」

白い大皿に見栄えよくあれこれ盛ってはあるが、どれも一口二口で、晩めしの量じゃない。

「ほかのつまみも取らせようって陰謀だな、こりゃ」

「なかなか気が利いていますよ。味付けもいい」

殿下はそう気取ってみせたが、俺と同感らしい宅島氏いわく、

「チキン・バスケットでも足しますか？」

「いいね、ここのはフライドポテトががっさがっさ入ってるんだ」

貧乏暮らしが長かったガクタイにとって、食事はいまだに質より量がうれしいのである。でもって、足し前に取った唐揚げセットには殿下も手を出していた。

だろうな、そのガタイがあの量で足りるってんなら、食って来てんのか瘦《や》せ我慢のダイエット中かのどっちかだろ。

腹がふさがって、飲んでる中身がワインからウィスキーに変わったころ、守村悠季がやって来た。

メタボにも隠れ肥満にも一生縁がなさそうな、ほっそりした体型は相変わらずで、顎《あご》の細い端整な小顔にかけた細縁のメガネも替えてないようだが、なんとなく雰囲気が変わった。

店に入ってくるのを見つけて、こっちを見つけて客席のあいだをやって来るのを観察して、

色気が増したのだとうなずいた。

「すいません、遅くなりました。飯田さん、おひさしぶりです」

やわらかいテノールが少し息を弾ませているのは、最寄り駅から急ぎ歩きで来たのだろうか。

バイオリンは持っていないから、大学帰りではないらしい。

「どうもどうも。仕事は順調みたいだな、また色っぽくなっちゃってからに」

さっそく感想を言ってやったら、

「え？」

と、こっちに向けた目を瞠《みは》った顔が、ポッと赤らんだ。

「なんだよ、シャワー浴びてて遅くなったって舞台裏かい？」

出がけのエッチでしっぽり蕩《とろ》けて、腰砕けのハニーはちょいタンマの遅刻、殿下が先に家を出て来た、という構図を思い浮かべてからかうと、守さんはますます赤くなりながら、

「そんなんじゃありませんよっ」

と怒った。

ぜったいそうだと腹の中でニヤつきながら、俺は何食わない顔でマアマアと手を振った。

「冗談だって。色気が増したのはほんとだけどな、ステージでいい仕事してる証拠だよ。

なあ、殿下？」

わざと振ってやると、たぶん二時間前には家のベッドあたりで愛妻クンをあんあん言わせて

た男は、澄ました顔で「ええ」と相槌《あいづち》を打ってみせた。

「演奏もですが、ステージ・パフォーマンスにも磨きがかかり、ファンクラブの会員も増えているようです」

「心配だねェ、殿下」

うふうふとからかい笑いしてやれば、殿下はまったく動じもせずに、

「なんのことやら」

と可愛げがないが、守さんのほうは馬鹿正直におでこを汗ばませている。M響では二人の仲を知らない人間はいない、ぶっちゃけ公認のカップルだってェのに、守村悠季はいまだ開き直る図々しさも持てないでいるウブでシャイな新妻心のままなのだ。

そんな守さんは、からかい過ぎると逆切れして怖いことになるので、話題を変えた。

「ところで、おたくの近況はどうなのよ。もう一年過ぎたんだし、そろそろ復縁する気になってもいいんじゃゃね？　事務長からのラブコールは、まだ息切れしてねェはずだ」

殿下も居住まいを正した。

おいおい、まさか別れ話かよ。

「じつは、新たなオーケストラを立ち上げようかと思案中です」

「えっ!?」

と、俺より先に守さんが声を上げた。

「マジで!?」

俺も驚いたが、守さんも俺以上にぶったまげてる。

「なんだよ、守さんも初耳の話か？」

「は、はい、ぜんぜん何にも」

言いかけて、何か思い出した顔で言い直した。

「ええと、本気で考えてるとは思わなくて。マエストロさんたちも冗談で言ってたみたいだったし」

「ここの爺《じい》さんが関わってる話なのか？」

だとしたら聞き捨てならないネタかもしれん。

「関わってるっていうか……」

守さんは困った顔で殿下を見やり、俺はさらに話を引っぱり出すべく追及をかけた。

「たちって？　誰々よ」

「ええと、飯田さんはご存じない方たちじゃないかと思いますけど。ねえ？」

助けを求められた殿下は、

「僕のごくプライベートな友人たちです」

と情報開示を拒否した。

「まあ、それはいいや。んで？　もちろんアマ・オケじゃないよな？」

それならやつにはフジミって本妻楽団がある。

「当然プロとして活動することを目的とします」

「東京でかい」

「本拠はそうなりますね」

「もしかして、M響からメンバーを引き抜こうって話か？」

だとしたら復縁どころか、下剋上《げこくじょう》のお家騒動ってことになるが、俺はどうする？　もしもそうならどうする！

「そのつもりはありません」

という返事に、一瞬の心の嵐は止《や》んで、ぽっかり残った肩すかし感。

「ふ〜ん。じゃ俺に何の相談よ」

いや、誘われたって困るっていうか。あ〜、いや給料しだいかもな、うん……かもな。

「自立して家族を養っている立場であり、楽員労組の役員でもあるのを見込んで、いくつかお尋ねしたいのです」

「待遇の話かい。俺にわかることなら答えるよ。事務長や延原の給料とかよ」

「そんな個人情報を漏らしちゃったらまずいですよ」

守さんが心配してくれたが、もちろん冗談だ。

「飯田くんはM響の前はどちらに？」

は一番高いオールドパー。おごる立場の見栄の張り方を心得てる。
殿下はウェイターを呼んで、新しいボトルを取り寄せた。やつがキープするのは、この店で
言ってやって、飲んでたボトルが空になってるのを教えてやった。
「個人情報は高いぞ」

「守さん、トリプルにして」

「え？　あ、はい」

こんなに濃いのを飲むのかと、呑兵衛《のんべえ》ではない守さんはあきれ顔だ。

「んでは、飯田弘マル秘情報まいります。出身は桐朋《とうほう》で、振り出しは師匠のつてで押し込んで
もらった大阪シティ・フィル、東京の濃い味のソバつゆが恋しくて新星に移り、ノベの手引き
でM響」

ぺらぺらとやってたところへ、

「阪《さか》シティ辞めたのは、女に振られたからだよ〜ん」

いっきなり肩越しに割り込まれて、マジビビった。

「うっわい！　な、なんでいるんだよ、延原！」

「ぎゃはは、うっわいだって、うっわい！　きゃ〜わい〜ィ、にゃははは」

この野郎、どっかで出来上がってきてやがる。

「おっ、殿下じゃん！　雲隠れ冷たいの助殿下〜、元気〜？」

「どうも」

「わーおわーお、ゆっきちゅあ～ん、相変わらず細いね～髪サラサラのすべすべね～」

ごろにゃ～んと肩にたかった酔っぱらい中年に、守さんは迷惑しながらも愛想笑いを作った。

「どうもご無沙汰《ぶさた》してます。どちらの打ち上げですか？」

「うんうん、おふくろの打ち上げの帰り～」

「え？　なんだよ、そりゃ」

よく見れば延原は黒のスーツで、ギクッとなった。おい、まさか……タイは白か黒か……

「だ～から～、古来はまれでもいまは稀《まれ》じゃない七十歳～」

一瞬醒《さ》めかけてた酔いが、ドッと戻った。

「古稀《こき》祝いかよ！　あ～びっくりした。そりゃおめっとさん」

「なんだよ～、葬式かと思った～？　ま～だま～だ長生きしますね～、あのおばはんは～」

「あの」

座ってもらったほうが？　と殿下を窺《うかが》った守さんに、俺も殿下も首を横に振った。

「んで～？　腹黒四人組が集まって～何の悪だくみしてんのよ～？」

「そりゃおまえ、悪だくみだから言えねぇわ」

「あっそ。ん～じゃね～」

延原はあっさり引き下がり、カウンターバーのほうへよろけて行った。

「一人で来たのかな。だいじょうぶかな」

守さんが心配顔で見送ったが、俺はやつの酒癖を熟知している。

「連れがいるよ。うっわ、また若いの引っかけてやがる」

延原が一人でこの店に飲み直しに来たんなら、ほんとの非常事態ってやつだが、ちゃんと若そうな美人を同伴してるから問題ナッシングだ。

「えーと何の話してたっけ？　あ、俺のオケ歴か。阪シティから新星に行くまでトラで食ってた時代もあるが、んなこまけェことまではいいだろ？」

「ええ。うかがいたいのは大阪シティ・フィルと新星オーケストラでの給与です」

「あー、仕送りかバイトなしじゃ食えねェていどだった」

「と言いますと？」

「M響に入って最初に給料袋あけたとき、マジで震えが来た」

殿下はらちが明かないとばかりにため息をついて言った。

「では質問を変えます。年俸四百万というのは、どう思われますか？」

「いいほうじゃね？」

「アルバイトをする暇がなくても、食べていけますか？」

「独り者なら充分だろ。大学出の初任給は手取りで二十二、三万じゃね？」

「なるほど」

黙った殿下に代わって守さんが口をひらいた。

「ええと、それって自前オケの給料の話だよね？」

「自前オケ？」

俺は聞きとがめ、氷が溶けてもまだ充分濃い酒を一口やって呑《の》み込んだ。

「そっか、おまえさんが自分で雇うんなら『自前』オケだな、うん」

……うん？　お抱えのオーケストラを作ろうって話か？　殿下の丸抱え……？

いいかげん酔いがまわって、よく考えられなくなってる頭に、守さんが言うのが聞こえた。

「編成はどれぐらいで考えてるんだい？」

「最低でも五十人規模だよな？」

答えた声は宅島氏。

「俺は門外漢だからナンですけど、ボスの売りのベートーベンのシンフォニーをやれる人数っていうと、そんなところなんでしょ？」

「あーまあ……」

守さんは言葉を濁し、俺は（五十じゃ足りねェ）とツッコんだ。ギリ七十人は欲しいだろよ。

「僕はそうした限定は考えていない」

殿下が答えて、続けた。

「コアになるメンバーを練り上げておけば、演目による必要数はエキストラで埋める方法で行

ける と思います」

「そのコアをさ、たとえば五十人として？　年俸四百万なら、四五の二十で……二億！　たとえばチケット一枚五千円でやったとして、ええとォ……四万枚？　うっそ！　でも、だよね？　つまり、とりあえず年間で四万枚はチケットを売らなきゃ、楽員さんの給料が払えないってことだよ？」

「プラス会場費、宣伝費、その他の経費もろもろで、少なくとも二億五千万ですね。その線でどうにか収支トントン」

　宅島氏の説明に、

「無理だよ」

　守さんがため息と一緒に吐き出し、俺も（だなァ）と思った。

「二千席のコンサートを年に二十五公演やって、全部満席にできればペイできる計算じゃあるけど……きみのコンサートなら五千円だって人は集まるだろうけどさ……二十五公演か、東京でなら三公演ぐらい行けるかな、横浜でも二公演は？　大阪、名古屋、福岡あたりも二公演ずつぐらいやれそうだよね。神戸、広島、あと札幌。これで十四公演？　全国まわる覚悟なら、県庁所在地だったらたいてい二千ぐらいのホールはあるだろうから……」

　考え考えぶつぶつ垂れ流してた守さんが、ふいと顔を上げて言った。

「きみが本気なら、案外やれないこともないかもね」

おいおい、よせよせ、やめとけって……あ〜〜〜〜っ、くそ。眠いっ！　ワインとちゃんぽんしちまったせいだ、しくじったぜ。

「でもさ、わざわざそんな無理しなくたって、きみにはM響があるじゃないか」

そーだそーだ。

「きみさえその気になれば、いつだって常任に戻れるんだろ？」

ああ、そのはずだ。

「事務局長さんは、きみがやりたい曲を振らせてくれるって言ったんだろ？」

だろうな。あの決算書を見りゃ、たいていの条件は付けられる。なんせ公演収入が二割近く落ち込んだんだから。

「僕には理想のオーケストラがあったのです」

殿下がしゃべり出した。

「指揮者になりたいと思い始めたころから、漠然とした夢想としてですが、僕には理想とするオーケストラの音色があった」

ふ〜ん。

「レコードを聴きながら（こうではない）と感じる。最初は聴き惚《ほ》れた演奏が、回を重ねて聴き込むうちに違和感を覚えさせ、どうにも歯がゆくなってくる。

その歯がゆさが何から来るのか突き止めようと、何度も聴き直す。わからなくて別の盤、別の曲でやってみる。突き詰めて突き詰めて得た結論は、解釈の違いでした。僕だったら、こういう演奏にはしない」

なァんだ、と思った。平凡な答えじゃねェか。つっまんね～……

「いま思うと、そうした齟齬《そご》感が先にあって、だから指揮者を目指したのでしょう。僕の好きな曲を理想どおりの演奏で耳に入れるには、自分でオーケストラを振るしかない」

「ま……妥当な志望動機じゃね？」

つき合いの相槌《あいづち》を打ってやった横から、守さんが聞いた。

「指揮者になるって決めたのは、中学のときだって言ってたよね。そのころもう、そんなことまで考えたり研究したりしてたんだ？」

さすが天才と言いたそうな顔だが、惚れた欲目のあばたもえくぼだね。

「早熟なオタク少年だったってわけだ。たまにいるんだよな」

そう引っくくってやったのは、思いついてた疑問を忘れないうちに言いたかったからだ。

「けど理想のオトって話だったぜ？　解釈の問題で落ち着いたってんなら、よくわからねェ」

「ええ。中学生の僕に理解できたのは、そこまでだったという前置きです」

「あっそ、んじゃ続きを謹聴！」

ちったァ気の利いた話にしねェと、俺ァ寝るぞ。

「もっとも、その先に踏み込めたのは、つい先日です」

ン……え、近ごろだって？

片目があいたていどに目が覚めた。無理やり眼球を動かして、眠りかけてる脳みそを揺り起こした。おい、いいとこだぞ、ちゃんと聞いとけ。

殿下のバリトンが語る。

「じっさいにオーケストラを振れるようになり、僕好みの演奏が作れるようになってからは、（まだ違う）と感じるのは、僕自身の指揮テクニックが理想に届いていないからだと、ずっと思ってきました。とくにM響の諸君とのいい関係が築けて以降は、僕の力不足としか考えられなかった」

「つまり自分が下手くそで、オケを操縦しきれてないせいだってことだよな」

俺の頭にも呑み込みやすく言い直してやったら、守さんがムッとした顔で、

「オケのほうが力不足で」

まで言いかけて、

「ってのは、M響の場合はないよね」

と、つまんなく軟着陸させた。

こういうとこが嫌いだねと思いながら言ってやった。

「なくねェから、M響は袖《そで》にして新オケ作ろうって話じゃねーの？」

「力不足とは言いません」

殿下も俺に気を遣う？　あ、いや、まだ前置きだ。

「楽員諸君がどう思っているかは別として、僕としては、M響は理想的に掌握できている」

よしっ、そういう言い切りが男の値打ちだ！

「しかし演奏は理想に届かない。その理由が、このほどやっと腑《ふ》に落ちた」

よし、ズバッと言え。

「なぜかと言えば、僕が理想とする第一バイオリンは、悠季の音色を核として構成されねばならないのに、現実はそうではないからです」

「ぶはっ！」

思わず酒を噴いちまった。鼻に入ったウィスキーがキーンと粘膜に沁《し》みて噎《む》せ返った。

殿下は気にせずしゃべってる。いや、しゃべるのに夢中でいやがる。

「そのことに気がついたのは、自前オケの話が出てからでした。

そういえば僕には、いつか実現したいと夢想していた『僕のオーケストラ』の構想があったではないかと、数年ぶりに思い出した。

忘れ果てていた理由は言えますし、必要な回り道だったと思いますが、ともかく僕は立ち帰るべき初心を取り戻したというか、見失っていた原点ないし核心を再発見できたというか……言わんとするところはわかりますよね？」

よね？　アッハ、よね？　殿下がいきなり可愛くなるなよ！

「しっかし、それってなァ、めっちゃめちゃハードル高くねェ？　M響もブリリアントも、ボストンやらニューヨーク・フィルやら一流どころが軒並みペケで、つまりはそれ以上のオケを四百万ぽっちの安年俸で作ろうって話だろ⁉　あり得ねーって、うちの香奈だって言うぞ！」

話としちゃ面白《おもしれ》ェけど、しょせんは夢見る夢子のドリ〜ム〜♪……だ。違うか⁉

「おそらくは、そういう問題ではない」

夢中しゃべりから醒《さ》めてた殿下が、自分の中のものを嚙《か》み締めて分析しようとしてるような調子で言った。

「どんなにいいオーケストラでも、すでに出来上がっているオケには独自の個性があり、それが僕には、出来合いの服を着せられたような御仕着せ感になる」

「オーダーメイドじゃねェとダメってか、お坊ちゃまめ」

おむつカバーからしてオーダーメイドだったんだろうと笑おうとしたら、守さんに横入りされた。

「僕はそれって、オートクチュールとかの高級服に慣れてるきみが、自分で手縫いした服でそれ以上の満足感を得たいんだって言ってるみたいな……」

おう、いい譬《たと》えだね、手作り服か。

「気持ちはわかる気もするけど、はっきり言って無謀だ、って感じがするよ」

まあ、だよな。

「手編みのマフラーとかよ、出来が悪くっても編んだ人間には愛《いと》しいわけだ。手間かけたぶん気持ちがこもってる自信もある。けどプレゼントされる側には困り物だよな、よっぽど惚れてねェかぎりはさ。んで……」

あれ？　何言いたかったんだっけ……

だめだ、ロレツもまわってねェし、今夜はおひらきだ。

「殿下、すまん」

片手で拝んで、立ち上がろうと腰を浮かせた。

「話はこれからってとこだが、俺としたことが飲み方失敗した。すまんね」

ああ、いや、カネ。置いてかねェと。

ぐらぐらしながら財布を出そうとしてたら、殿下が言った。

「今夜は僕が」

おごりか。

「ンじゃ遠慮なく。ごっそさん」

「最後に一つだけ」

「うん、なんだい」

「僕のチェロ・パートには飯田くんの音色が欲しいのですが、受けていただけますか？」

「無理」

俺は即答し、見やれば鼻白んだ顔をしている殿下に言ってやった。

「おまえさんの棒の魅力は認めるが、俺には家族かかえた生活がある。いまより年収が落ちる話には乗れねェ。見込んでもらったのに残念だが、ほかをあたってくれ」

テーブルに手をついて頭下げて、んじゃなと手を振ってみせて歩き出した。店のドアを押して出て、薄っ暗い階段を上って、すべって膝《ひざ》の皿ぶっつけて（痛《いて》ェ）と思って。

立ったが肩ぶつけて、手すりにつかまろうとしたが空振り、（危ねっ）と思いながら階段転げ落ちコースで尻《しり》もちをつくのがわかり！

「おっと！」

と誰かに支えられた。

「おー、やっべ」

後ろから抱きかかえてくれてるのは、宅ちゃんらしい。

「わっ、やっちゃった⁉」

駆けつけてきた守さんの声。

「や、だいじょぶっす。飯田さん、立てますか？」

「待って、手伝う」

「あーいや、ボスが来ましたから」

「オッケ、力仕事は重機に任せるよ。圭、支払いして来るから」

「ええ、お願いします」

二人がかりで立たせてもらって、階段を上がらせてもらい、チョイ立ち寝してたところでタクシーに押し込まれた。

「富士見町《ふじみ》までお願いします。三丁目です、ええ、国道を行ってください」

フジミ？　俺ァ帰るぞ！　銀の匙《さじ》くわえて生まれたお坊ちゃまの道楽なんぞに、いつまでもつき合ってられるかよ！　チクショウ、ふざけんな！　俺にゃァ可愛いがカネのかかる女房と娘どもがいるんだ、チェロは家族養うために弾いてんだ！　俺はそれで満足なんだ！　満足してんだよ、コンチクショウッ!!


目が覚めたのは、朝陽があふれる知らない部屋で、防音漏れらしいくぐもった響きでバイオリンの音が聞こえてた。

「どこだよ……」

体が酒ぼてりしてて、喉《のど》はねばつく渇きを訴え、縦に起きてみりゃ頭がずっしり重い。三拍子そろった二日酔いの症状は、まずはとにかく水のがぶ飲みを必要としてたが、部屋には洗面台はないようだ。服は着たままで、ジャケットが壁にかけてあった。

ベッドから降りて、ジャケットを着込み、ドアを出てみた。廊下をたどって、階段を下りた。玄関だ。

聞こえてたバイオリンの音は止《や》んでいて、掃除が行き届いたよそよそしい匂いの家の中は静まり返っている。

「ええっと……」

と、階段の向かいのドアがあいて、守さんが顔を出した。

そうか、守さんたちの家だったか。ぜんっぜん覚えてねェが。

「あ、おはようございます。二日酔い、だいじょうぶですか？」

からかい笑いじゃない笑顔が染みるぜ。

「えらく世話になっちまったな」

「どういたしまして。手間なしの酔っ払いでしたから」

「二階まで運んでもらったんじゃね？」

「圭と宅島くんがね。僕は靴を脱がせたぐらいです」

「どうもどうも、世話かけました」

女とのそれじゃなくても、やらかしちまった後朝《きぬぎぬ》ってのは気恥ずかしい。

「お茶でも淹《い》れましょう」

と言ってもらって、接ぎ穂がついた。

「水もらえるかい？」

「ええ、こっち台所ですから。それと、そのドアがトイレで、突き当たりが洗面所です」

どっちが先かと考えて、まずは洗面所に行った。がぶがぶ水を飲んで残留アルコールの度数を下げ、ついでに顔を洗って、お次はトイレだ。出すもの出して、ちっとは気分もマシになった。

トイレから出ると、待ってたように守さんが呼んできた。

「こっちへどうぞ。コーヒーとお茶と、どっちがいいですか？　ポカリもあります」

呼ばれたのは食堂兼用の広々した台所だった。階段や玄関は洋風だったが、ここは昔の日本家屋の台所って雰囲気だ。

勧められた椅子に腰を下ろして、お二人さんの愛の巣の一部に違いないそこを見回した。

古い家の大黒柱のような黒ずんだ色味の床や天井、作り付けの調理台や食器棚も、使い込まれてすべての角が丸くなっているような、落ち着いた時代色を帯びている。

頼んだ緑茶を、守さんは、寿司《すし》屋の粗品に違いないでかい上がり茶碗《ぢゃわん》で出してくれた。量もたっぷり注いである茶は、酔い覚ましにはありがたい濃さだ。

啜《すす》り啜りしているうちに気まずさもほぐれてきた。

「ゆんべは久しぶりに記憶が飛んだなァ」

「飯田さんでも、やられることもあるんですね」

「ちゃんぽんが効いたわ」

「お宅のほうには留守電を入れてありますから。奥さん、出られなかったので」

「ああ、留守なんだ。実家に行っててさ」

「さてはそれで飲み過ぎましたね」

やんわりからかってきた守さんが、ちらっと目をやったのは、壁の時計だったようだ。何か予定があるのだろう。

そういや俺も今日は出勤日だったと思い出した。ええと、いま何時だ？

「どこまで行っちゃってんのかな」

ぼやき口調でつぶやいて、俺と目が合った。

「ジョギングついでに豆腐を頼んだんですけど、まだ帰って来ない」

「殿下が？　豆腐買いに？」

ぴくっと口の端が失笑しちまったのを見て、

「ちょっと笑えますよね」

守さんは唇をひん曲げてみせた。

「あの偉そうな男が、豆腐屋のおばちゃんと仲良しなんです」

ぷっと吹き出した。

「もしかしてナベ持って買いに行ったのかい？」

守さんはそういう時代は知らない世代だった。

「いや、チャルメラ吹きながら自転車つけたリヤカーで売りに来てさ、ナベとかボウルとか入れ物持って買いに行くんだよ。いまみたいなパック入りじゃないんでさ。ま、昭和の風物詩だな」

「僕の田舎じゃ、トラックの移動スーパーでしたね。小学生のころまでかなァ、来てたのは」

豆腐はパック入りでした、と笑ってつけくわえたところで、玄関から「ただいま帰りました」という殿下の声。

「お帰り〜!」

と怒鳴っておいて、立ち上がりながら言ってきた。

「お急ぎじゃなかったら、朝ごはん食べてってください。すぐできますから」

「味噌汁《みそしる》するかい?」

「ええ、豆腐のをね」

ありがたくお相伴すると答えた。


ジョギング帰りの殿下がどんな格好だったのかは見物しそこなった。玄関から二階に上がって行って、こざっぱり着替えてから顔を出したので。

「や、昨夜はすっかり世話んなっちまって、どうもどうも」

「いえ。もう復活されましたか」

「二日酔いだよ。味噌汁飲ましてもらって帰るわ」

ガス台の前に立って卵焼きを作ってる守さんが、振り向かないまま言った。

「飯田さん、今日はM響ですか？」

「うん、稽古《けいこ》日でね」

「あらら、間に合いますか？」

「午後だから」

「曲目は何です？」

新聞を見出し読みしてた殿下が話に入ってきた。指揮は誰だとは聞かないンかい。

「ロシア『五人組』特集だよ。バラキレフの《ルーシ》、キュイの《コーカサスの捕虜》序曲、ムソルグスキーは《禿山《はげやま》の一夜》で、ボロディンは《イーゴリ公》の《ダッタン人の踊りと合唱》、メインはリムスキー＝コルサコフの交響組曲《アンタール》と来たもんだ」

「《シェエラザード》ではなく？」

「《アンタール》のほうが短い」

「なるほど」

「誰が振るのかは興味ないかい」

「常松《つねまつ》氏でしょう？　聴きに行くほどの興味はないです」

「まあな。打ち上げだけが楽しみってやつさ」

「え、飲むと面白い方なんですか？」

卵焼きを焼き終えた守さんが、皿を手にして振り返り、俺は両手を挙げてみせた。

「終わった、バンザイ！　の乾杯だけが楽しみなプログラムって意味だよ」

「あっはは、ひどい」

「曲も振りもな。客の三割はカクジツに寝る。ノベなんざァさっさと逃げた」

「あ〜あ、ボロクソですね」

笑いながら守さんは、主婦の手つきで朝めしを並べ始めた。めいめいの前に大根おろし添えの卵焼き、味噌汁、ごはん。浅鉢に盛った二種類の漬物。梅干し。

「お待たせしました」

「うまそうだ。いただきます」

「いただきます」

「お代わりありますからね」

いつもは二人だけの食卓は、差し向かいで食べるらしい。俺がもらった席は、殿下の隣。守さんのめしの食い方は、さっさとしてるが早食いじゃなくきれいだ。

二日酔いの胃袋にコメは重たいと思ってたが、食ってみたら美味《うま》かった。

「いいコメ使ってる?」

「いちおうコシヒカリです。実家で作ったんで、特等米かどうかは保証できませんけど」

「コメ農家さんか。新潟県の新発田《しばた》だっけ」

「そろそろレンゲが咲いてるかな」

「飯田くんは都内ですか？」

殿下が参加してきた。

「実家かい？　俺は埼玉だ。親戚《しんせき》は浦和《うらわ》が多いが、うちの親たちは所沢《ところざわ》に家建ててね。新興住宅地で、引っ越したころは荒野のガンマンごっこがやれたんだぜ。いまじゃすっかり町中だけどな」

「ご両親は健在で？」

「ああ、元気だよ。退職してから子ども相手の家庭文庫ってのを始めて、宿題も見てやったりしながら楽しくやってるみたいだわ。

二人とも教員だったもんで、子どもの声がしねェと寂しいらしくてね」

「音楽の先生ですか？」

「いや、親父は中学で数学を教えてて、おふくろは小学校の教師だった。所沢の家の三軒隣で若くて美人な奥さんがピアノ教室をやっててさ」

守さんがニヤッと納得顔をした。

「習いに行ったわけですね」

「そこの旦那《だんな》がチェロやってたんだ。ガキをガキあつかいしないカッコいい叔父貴《おじき》って感じでなついてたら、中二の冬にガンでぽっくり逝《い》っちまってさ。ああいうのは効くね。高校はぜったい音高に行くって決めて、いまに至る、だ」

「その方もオーケストラで？」

「新日にいたみたいだな。聴きに行ったことはなかったが」

おい、流せって、沈むなよ。

「俺は天地真理《あまちまり》ちゃんのファンだったんだ。つって、知らんか。俺とあんたらじゃ十年違うんだよな」

「天地真理はわかりますよ」

「んじゃ、小坂明子《こさかあきこ》は？」

「えーと……」

「あの冬、ちょうど《あなた》が大ヒットしててよ。ハマり過ぎて痛くって、いまでも嫌いだ」

もう泣きゃしないがな。死んじまった智裕《ともひろ》先生と亜矢子《あやこ》先生の歌にしか聞こえなくて、せつなくって、中学生男子にゃ受け止めきれないほどだった……

「味噌汁、まだあるかい？」

「あ、ええ。お椀《わん》ください」

「守さん、料理上手《うま》いよな」

「あは、そりゃどうも」

「うちの清美は洋食党でさ、味噌汁は俺が作ったほうが美味いんだ」

「へえ、飯田さんも料理するんだ」

「味噌汁だけだよ、作んのは。殿下は食うだけの人だろ」

「いえ、上手ですよ。僕は田舎料理専門だけど、圭は本格和食とか作れますから」

「へえ？　そりゃいっぺんゴチになりたいね」

「では、いずれ」

と殿下は空手形を切った。


新宿まで行く用事があるという守さんと一緒に、家を出た。外から見ると赤レンガのレトロな洋館だった。庭は広々とした芝生だ。

駅に向かって歩きながら、おしゃべりをした。

「いい家に住んでンだな」

「あれ、初めてでしたっけ」

「ああ、来たことねェわ」

「フジミの人たちがここで納涼会やったとき、いませんでした？」

「俺は来てねェね」

「そっかァ、飯田さんもいたような気がしてました」

「守さんたちがイタリアに行ってたころは、なるべく出かけて来てたけどな。なかなか練習以

外のつき合いまではつき合いきれなくってね」

　車一台分の細道はすぐに国道に出た。フジミが練習場にしてた市民センターに行く途中の、目にはなじんでた横道を入れば、お二人さん家だ。自販機が目印。

　車が多い国道沿いを歩き出したところで守さんが言った。

「あ、そういえばカルテットの件、すっかり沙汰《さた》止《や》みにしちゃって。気にはなってたんですけど」

「カルテット？」

「飯田さんとやろうって」

「あ〜あ！　俺も忘れてたわ」

　うん、すっかり。

「すいませんでした、ほんとに」

「なんのなんの。まあそのうち、おたがい暇ンでもなったらやろうかね」

「ええ、ぜひ。僕も飯田さんのチェロ好きですから」

「ま〜たまた」

「いえ、お世辞なんかじゃなく」

「褒めてもらったって、あの話にゃ乗れねェってばさ」

「そんなつもりじゃないです」

ああ、おまえさんはそういうお上手は言わねェな。

「しかしまあ、面白そうじゃあるよ。殿下が選《え》りすぐって、一から鍛え上げるオケなんてさ、面白そうじゃァある」

「……もしもですけど、ギャラの問題が解決すれば、脈はあったりしますか？」

「俺かい？　そうだなァ……」

そりゃまあ、本音を言っちまえば……

「殿下のワンマンにつき合い通す覚悟があるか、って話だよな」

「ん〜〜、それもですけどそれ以前に、いつ沈むかわからない船に乗る覚悟っていうか？」

「おいおい、コン・マスやるおまえさんがそれ言っちまっちゃァ」

「でも、正直まずそこが心配じゃないですか」

「守さんは賛成しねェのかい？」

「僕はその、圭がやるって決めたら一蓮托生《いちれんたくしょう》でつき合いますけどね」

恋人、ってェか夫婦だもんな、おまえさんたちは。

「でも昨夜飯田さんが言ってたように、銀の匙《さじ》で食べていける身分の人間には道楽で済ませられても、そうじゃない楽員さんたちを何十人も巻き込んじゃう話です。

失敗したってそれなりに責任は取れるってことなら、僕だって喜んで挑戦しますけど、圭もそこまで大金持ちってわけじゃない。なんてあたりをつらつら考えちゃうとですねェ……」

ふ～ん。

「俺、ンな洒落《しゃれ》たこと言ったのかい」

「え？」

「覚えてねェわ」

「あ……ですか」

守さんの顔つきからして、酔っぱらい野郎はよっぽど嫌味ったらしく絡んだらしかった。

ちなみに銀の匙云々《うんぬん》……とは、不労所得で暮らせる身分をやっかむ表現だ。原産地はイギリスあたりか？　貴族階級の領主といった、先祖代々の財産で一生遊んで暮らせるような家のご子息どもは、生まれつき食べ物が湧いて出る魔法の匙をくわえてるようなもんで、日々営々辛苦して食ってく苦労を知ることはない。ハハ、のんきだね～……ってな意味だ。

そういう教養が酔った拍子にぽろりと出たのはいいとして、口先まかせに悲観主義のくだらねェ説教みたいなオダをあげちまってたなら、早いとこ訂正かけちまわねェと。

俺は、参加はできねェが、殿下の目論見《もくろみ》には賛成だ。そのくらいの気概と勢いが必要だよ、いまの日本のクラシック界に欠けてんのは、そういう向こう見ずな冒険野郎だ。

だから参加は無理でも応援はする。まずは守さんを説得してやろうじゃないか。

そうさな……こういう切り出し方でどうだ？

「殿下が『銀の匙くわえて』生まれた男なのは確かだが、だよな？」

うなずけ！　よし。

「けどよ、クラシック音楽ってのはそもそも、そういう連中が道楽として金を注ぎ込んだおかげで出来上がった、もともとが『金持ちの道楽』文化なんだよ、だろ？　封建領主の王侯貴族や、宗教的権威をバックに権力を振るってた枢機卿《すうききょう》や大司教なんて階層が、豊富な財力を贅沢《ぜいたく》三昧《ざんまい》に散財してくれたおかげで、バチカンやルーブルみたいな世界遺産も造られたし、バッハやハイドンやモーツァルトやベートーベンその他大勢が、音楽なんてェいっくら聴いたって腹はふくれねェもんに血道上げて人生懸けられたわけだ。だな？」

よしよし、すなおな相槌《あいづち》、オッケー。

「そう考えると、現代の『銀の匙』連中は何してるって話だ。ご身分にふさわしく、歴史的な遺産を残せるような道楽をやってくれてるか？　って話だよ」

おっと、もう富士見銀座か。駅まですぐだ、話を巻こう。

「守さんが心配するみたいに、哀れな貧乏演奏家どもを巻き込んでコケる可能性は低くはねェだろうと、俺も思うよ。けど、いまじっさいに食えねェでいる連中に、たとえ一年でも音楽で食えるチャンスができるんだって思えば、俺はそっちのほうを大事にしたいね。

いつ沈むかわからねェ船だってことは、募集のチラシに書いときゃいい。そもそも誰も、沈まねェ大船だなんて思って乗りに来やしねェだろうけどよ。

『年収四百万（予定）、昇給の見込み不明、ワンマン指揮者による一方的解雇あり、将来性や安定経営の保証なし』ぐらいまで書いときゃ、それなりに腹くくった連中が集まるだろ」

守さんがくっくっと可笑《おか》しそうに肩を揺らした。

「ってか、そんな募集で来る人がいますかね」

「いるだろ。桐ノ院圭の振りで、毎日いやってほど演奏できて、しかも給料が出るんだ。志願者は殺到するだろうな。

問題は、殿下のおめがねにかなう人間が五十人も集められるかどうかだ」

さァてと駅だ。それぞれ新宿までの切符を買って改札を通った。俺は新宿乗り換えで吉祥寺《きちじょうじ》に帰る。

「ジュクで何の用だって?」

「弓の張り替えと、床屋です」

「ジュクの楽器屋ってェとどこだ?」

「いえ、個人の職人さんです。小田弦道《おだげんどう》さんって」

「知ってるよ、有名な名人だ! へェ! うらやましいが、さぞ高《たけ》ェんだろうな」

「張り替え代はふつうですよ。ご紹介しましょうか?」

「気難しいっても有名だからなァ。そこいらのヘボは相手にしねェって」

「飯田さんはヘボじゃないじゃないですか」

「断られてヘソ噛《か》むなァみっともねェから、やめとくよ」

「飯田さんってみょうなとこ奥ゆかしいですよね」

「気が小せェんだよ、蚤《のみ》の心臓なんだ」

「どっこがァ」

くすくす笑う守さんの笑い顔ってのは、やたら無邪気でいい感じだ。M響に弾きに来てたときは、人見知りが出てこんな顔は見せなかったが、フジミじゃよく笑ってた。殿下が作る新オケでも、こういう笑顔が出るようになったら、オケも成功するんじゃねェかな。

「あ、なあ、オケの名前、『銀の匙オーケストラ』ってなァどうよ」

「まんまじゃないですか。それに僕、『スプーンおばさん』を思い出しちゃうんですよね。ちょうど晩ごはんの時間にやってたアニメで」

「おう、知ってる知ってる。大阪でアパートをシェアしてた貧乏仲間の一人が、ロリコンのアニメ・オタクでルウリィに惚《ほ》れてたんだ。オーボエ吹きだったが、楽器ケースにルウリィのシールは貼りまくるわ、自作のルウリィ人形を三つも四つもぶらさげてるわ。もうビョーキ！」

「あっははは。でも、あの子、可愛いですよ。僕も好きでしたもん」

「うっわ、おまえもロリ・オタかよ」

と揚げ足を取ってやったら、守さんってばパッと赤くなった。

「ロリじゃないですよ！　中学生ですから、あのころは」

アッハハ、面白《おもしれ》～。ほんっと、からかわれンのに弱いね、あんた。

もちろん俺はツッコんだ。

「男子中学生が八歳の幼女にラブなら、りっぱなロリじゃね？」

「ラブとは言ってないでしょ！　あれに出て来るキャラクターの中では、あの子が一番可愛かっただけで！」

「まあまあ、そうムキになンなさんなって。殿下には内緒にしとくから」

「はいはい、飯田さんってそういう冗談が好きですよねっ」

「おう、大好き大好き」

なんて馬鹿話をやってるあいだに電車が来た。

乗り込んで、やがて新宿ってところで思い出した。

「五十嵐《いがらし》にはまだ黙っとくか？」

「あー……ですねェ。まだ本決まりになるかどうかも」

「なりそうだけどな、俺の勘じゃ。教えてくれなかったって、あとでイジケられるとうるせェけど」

「あっは、それはそうかも。でもまだ噂が広まっちゃうと困るしなァ」

「やつはあれで口は堅いぞ」

「ですよね、ああ見えてね」

笑ってみせて、考えて、守さんは決断を下した。

「じゃァお任せします」

「おう。けしかけになンねェていどに漏らしとくわ」

「せっかくM響に正規の楽員で入ってるんですしね」

チェロ末席の五十嵐健人《たけと》は、フジミ仲間からM響入りしたというので、あそこの学生団員の尊敬の的になってる。まだM響で頭角を現すほどのタマにはなってないが、成長しているのは間違いない、延原期待の最若手だ。まずは延原が手放さねェだろう……けれども。

「言やァ悩むだろうが、ま、やつが決めることだ。いまんとこ所帯持つ予定もなさそうだし」

「モテそうなのに、モテませんよねェ、彼」

「モテちゃいるんだが、やつのほうにその気がねェんだ、ありゃ」

「へェ、モテてます？」

「事務局のバイトの女の子たちにはな」

話の落ちがついたところで、新宿駅の地下通路を右と左に別れた。

さあって、いまから家まで帰ってシャワー浴びて、また出直しか。あー面倒くせェ……稽古《けいこ》しに行くのが殿下の《ベト七》だったりすりゃァ、るんるん気分で張り切れンのによォ。

清美の両親の結婚三十周年お祝いディナーは、俺の多大なる出費と愛想尽くしの演出で、ご両親様ご満悦、清美もしっかり満足してくれた。

そして、義父母を喜ばせたという事実だけが、成功報酬になるはずだった俺に、なんと福の神からのご褒美があったのだ。

アペリチーフを片手に聴いてもらった三十分ばかりのプレゼント演奏を終え、アルバイトの諸君を帰らせてテーブルに着いた俺に、ご母堂様がおっしゃった。

「あのね、弘さん、お父さんからお話があるの」

結婚前の最大の難敵で、いまだって折り合いがいいなんて嘘にも冗談にも言えない御舅《しゅうと》殿は、「ほら、あなた」とかーちゃんにうながされて、俺の前では顔だち以上にむすっとさせているブルドッグ顔の口をひらいた。

「あーその、なんだ、清美は喜んどるし、きみも反対はせんと思うんだが」

へいへい、もう決まった話なんっすね。清美と結婚するためなら婿養子にだってなった俺ですから、なんでもそちらの言うとおり。反対なんていたしませんって。

「お父さん、もったいぶってないで早く言って！」

清美が目をキラッキラさせて父親を急《せ》かすのを見て、親父さんは気乗りしてねェのか、と気がついた。女二人に押し切られた……って、いったい何の話だ？

「あー、つまりだな」

やっとこさ親父さんが言おうとしたが、

「二世帯住宅に改築するの！」

待ちきれなかった清美がそう笑い叫んで、どうにも重たい口をなんとか動かそうと頑張っていた親父さんの努力は無に帰した。

「あー……つまり」

それというのはもしかして、川口《かわぐち》の飯田家ご邸宅に同居するって話……ですかね？

「お庭を半分潰《つぶ》すことになっちゃうんだけど、お池は香奈たちが好きだから、場所を移して造り直すの。いまの家の西側に二階建てで増築してね、一階にはレッスン室と広めの応接間とダイニングキッチンを入れて、二階が私たちの居間と寝室と子ども部屋。お風呂《ふろ》も二階よ。トイレは一階にも作るわ。応接間はダイニングキッチンとワンフロアにできるようにしておいて、ホームパーティーやミニリサイタルをやるの。

　ほんとはレッスン室もつなげられるといいんだけど、可動式の壁だと防音効果がすごく落ちるんですって。弘さん、どう思う？」

　大はしゃぎしてる清美は可愛い女房だが、音大を出ているわりには、ときどき演奏家って商売で食ってる男の妻だってことを忘れる。

「そりゃァ防音のほうを優先してもらわないと、練習時間が制限されちまうよ。プログラムが重なってるときには、夜中まで練習したりするだろう？」

「そうね、そうよね。あっ、そうだわっ、応接間の外に大きくベランダを造りましょう！　ええと、サンデッキっていうのかしら？　テーブル・セットなんかを置けて、お天気のいい日には外でお食事ができるような」

「ああ、いいね」

俺はやさしく相槌《あいづち》を打つ。この話の流れから行けば、改築費用は親父さん持ちだ。

「それでね、いまのマンションは売るか貸すかだけど、お父さんは、売ってしまうより賃貸に出して持ってたほうがいいだろうって言うの。どう思う？」

あのマンションは俺の持ち物だから、売っちまえとは言いにくいのさ。

「急いで決めることもないよ。ローンが払えるていどの家賃で貸しといて、おいおい考えればいいさ」

「でも」

「清美ちゃん、それは弘さんが決めることよ」

おふくろさんがたしなめに入り、清美は不服そうに黙った。こりゃ帰ってから蒸し返されるな。

「それで、具体的にはいつごろ引っ越す予定なのかな」

全面降伏の腹出しポーズのうえに尻尾《しっぽ》も振ってみせる俺は、なんて出来た婿だろうねェ。

御舅殿もしょうがなく、頭をなでるふりをする。

「まだ設計段階でね、何社かにやらせてるんだが」

「工事に入れば早いわよね、お父さん？」

「梅雨の時季をはさむわけには行かんから」

「ほら、いまの家の一部を取り壊して増築するでしょ？」

「来年の正月は、新しい家で迎えるといった心づもりでどうかと思うとる」

なるほど。

ただし川口の家は、駅からかなり奥まっているんで、俺の通勤の足をどうするか……なんてことは、いま言うことじゃないだろう。

とりあえず俺にとっては、通勤距離が延びるのと、両親同居の入り婿暮らしに耐える覚悟を固める代わりに、ローンの支払いが一つ消えるって話だ。

それでもまだ年収四百万で暮らせることにはならないし、月収が半分になる転職なんて清美が承知するわけもなく、冒険に打って出られるような条件は、何一つ手に入っちゃいないんだが……なのに、こっから何かが変わりそうな期待感が腹の底でワクワクしてんのは、逃げられない試練を前にした人間が、なんらかの希望を取っ捕まえて持ちこたえる杖《つえ》にしようとする、本能的な防衛機能による自分騙《だま》し作戦の発動とかいう現象だろうか。

それとも俺の野性の勘が、目には見えない未来に希望を嗅《か》ぎ取っているんだと、すなおに信じたほうが前向きだろうか？

ああ……いや、未来ってのは、意志と作戦能力と実行力で勝ち取っていくもんだ。だろ？

そして俺は、さっそくあることに気がついた。

すでに承諾しちまった同居だが、清美と親たちの希望を快く受け入れた見返りとして、俺のわがままを一つ許せ、という交渉は充分に成り立つ。

それも清美さえ納得させれば済む話だから、そうハードルは高くない。

お気に入りの『音楽家の妻』ってフレーズあたりをキイワードに、巧《うま》くプライドをくすぐってやりながら、芸術に生きる男のロマンを熱く語って煙に巻き……もとい誑《たら》し込み、だ。

それで一手思いついた。

殿下に会わせておこう。守さんもコミでがいいか。彼もいまやスターだし見栄えもする。

香奈が生まれてから、清美はコンサートにもほとんど来ていないし、彼女が楽屋に顔を出していたころは、まだ桐ノ院はいなかった。

だから清美はまだ一度も、実物の桐ノ院と親しく会ってはいない。こっちも引き合わせる気もなかった。なんせ清美は面食いで、浮気性なんかじゃないが、のぼせやすいタチなんで。

しかしこの際は、清美が殿下のファンになってくれちまうと話が早い。

よし、さっそく作戦を考えよう。

「弘さんっ?」

と腕を揺さぶられて、うかうかと夢方面へ迷い込んでた俺は現実に飛び返った。

「ああ、ごめん。川口の家は庭も広いから、わざわざ公園まで出かけなくても香奈たちといろいろ遊べるなァってね、考えてた」

「うふっ、じゃあ賛成ね？」

「ああ、もちろん」

俺はにっこり笑って、未来に向けた俺用の手形を一枚切った。

海辺にて

思えば、コンとコン・マスがいかにもプライベート風に小声でやってた話に、聞き耳なんか立てるべきじゃなかった。聞こえた中身は（ふんふん）と胸にしまって、独りでニヤケるだけにしときゃ問題は起きなかった。それなのに俺ってば。ついツッコミを入れちまってた。

「え、先輩たち海辺のデートっすか？　や〜、い〜っすねェ」

もちろん俺は、周囲二メートル以内には誰もいないことを確認したし、声だって十分落としてた。なんたって俺はコンたちの仲を知ってる味方組の一人だし、ちょっとからかうぐらい（いいだろう）って思ったんだ。

ぎょっとしたようすで振り返った守村《もりむら》先輩は、反応よくたちまち耳まで真っ赤になりながらわたわたと言った。

「デデ、デートだなんて、な、何言ってるんだか、あはは、はははは！　ほら、な、夏だからさ、夏は海水浴が定番っていうか。言うだろ？　駅にポスターがあったろ？　それでその、たた、たまには海にでも出かけるのもいいかもねって」

そしておでこの（冷や？）汗を手でぬぐいながら、窮鼠《きゅうそ》猫を嚙《か》むって調子で続けた。

「そ、そうだ、よ、よかったら五十嵐《いがらし》くんもどう？　ね、ねえ、桐ノ院《とうのいん》さん」

守村先輩が必死な目つきで賛同を求めた相手は、俺がポーカーフェイスの仮面の下の渋い顔をしっかり読み取るのを見越していた。

「もちろんかまいませんよ」

と口では愛想を言いつつ、目からはおじゃま虫撃退の殺虫光線を浴びせてきた。

(わ、わかってますって。おじゃまはしないっす!)

やれ打つなと手をすり足をするハエの心境で、俺は断る口実を探した。

「いや俺、こんどの日曜は」

まで言ったところで、思いもかけない悪運が降りかかってきた。

「え、なァになァに、なんですかァ~?」

と春山《はるやま》先輩が乱入してきたんだ。うそっ、いつの間に後ろを取られた⁉

「五十嵐くん、こんどの日曜日は美幸《みゆき》とデートなの~ォ?」

ってのは、まったく見当はずれだったけど、俺はなんでかやたらとあわてちまってた。守村先輩が絶望的に狼狽《ろうばい》してたからかもしれない。ほら、パニックが伝染するってやつ。

「んなこと言ってないっす!」

「え~? じゃあ、誰とデート~ォ?」

「いや、だからデートとかじゃなくってですね」

そこへなぜか守村先輩が口を挟んできた。

「うん、そう。ただ三人で海に遊びに行こうか、なんてね、ははは。ほら、夏だし」

うっわ〜、それってメチャ墓穴っす！

そして春山さんは案の定、

「ええ〜っ!?　桐ノ院さんと守村さんと五十嵐くんとで、海〜ィ!?」

なァんてことを、黄色いお声で叫んでくださっちゃって。

「男三人で海なんて、変ですよ〜ォ！」

と、コロコロ笑うあなたはごもっとも。でもそれって超ヤバな危険発言だって、わかって言ってるっすか？　いや、ぜったい考えてないっすね。

ともかく俺は取り急ぎあたりを見回し、危険人物の皆さんは誰も残ってないのを確認してホッと一息ついた。桐ノ院さんファンの女子大生団員たちの耳に入ったら、どんな騒ぎになってるやら。ほんとにもー、口は禍《わざわい》のもとっすよ、春山さん。あ、俺もか。

ところが守村先輩は、なぜかさらに墓穴の掘り増しにかかった。

「え、変ですか？　男二人なら変かもしれないけど、三人ですから。日帰りグループ旅行ってことで、ちょっと行ってこようかって」

ああ……わかったっす。先輩、『デート』って言葉に過剰反応して、頭ん中まっしろけって状態なんですね。

なんて思ってた俺の横で、守村先輩はさらに一掘り。

「でも男三人って変かな。あ、春山さんも行かれますか？」

春山さんはうふんって感じに笑って言った。

「男の人が三人で、紅一点っていうのはちょ〜っとなんでェ」

よし、断れ！　断ってくださいませ、春山様！

「あと二人誘って数合わせますね〜」

やっ、合わせなくていいんす！　俺も逃げるっすから、コンたちはめでたく二人だけで！

しかし、あわてふためく俺を尻目《しりめ》に、春山さんはまだ残っていた川島《かわしま》さんに声をかけ、

「え、なァに？」

と奈津子《なつこ》先輩はやって来てしまい……

「へえ、楽しそうじゃない。こんどの日曜ならあいてるわ。どこへ行くの？　房総？　伊豆《いず》？

伊豆だったら私、ちょっとくわしいわよ。でも潜るわけじゃないのよね」

川島奈津子先輩はスキューバダイビングが趣味だ。

「ええと、日帰りだから伊豆はちょっと遠くないかなァ」

守村先輩が気弱な笑みを浮かべておずおずと言った。

「だったら房総もけっこう時間かかるけど、お台場あたりじゃ遠出の楽しみがないし」

「三浦《みうら》海岸とか、どうですか〜ァ？　水族館もあるしィ」

「あ、江ノ島《えのしま》はどう？　あそこはけっこうバラエティそろってるのよ。海水浴場に水族館、弁天洞までの島歩き、近くにおいしいシーフードレストランもあるわ。日帰りで遊んでくるには

ちょうどいい距離だし」

「あー、私まだ行ったことないですゥ」

「桐ノ院さんや守村さんは？」

「いえ」

「まだ」

「五十嵐くんはどう？」

「や、相手いなくって」

「じゃあ江ノ島にしましょうよ。ねェ、桐ノ院さん？」

必死な感じの笑みを作って了解を求めた守村先輩に、桐ノ院さんは、守村先輩オンリー仕様のいともやさしい頬笑《ほほえ》みを添えてうなずいた。

「ええ、いいのではないでしょうか」

「じゃ、じゃあ、そういうことで」

守村先輩の取りまとめで話は決まり、江ノ島までのルート決めは奈津子先輩が担当することになった。

「片道二時間ぐらいだから、富士見町駅に朝八時集合でどうかしら？　早いほうが電車はすいてるから、私は六時でも五時でもいいけど」

「五時っすか⁉」

「潜りに行くときは、前泊を入れるか始発で出るから」

「あいだを取って七時はどうですかァ？　涼しいうちに出かけたほうが気持ちいいですよォ」

「ではそのように」

桐ノ院さんが決断をくだし、『こんどの日曜、朝七時集合で江ノ島に行く』ことが決定した。

……その瞬間に食らった、桐ノ院さんのキラー光線混じりの一瞥《いちべつ》は、俺を心底震え上がらせた。当日は腹でもこわしたことにしてドタキャンしよう。

「あ、ねえ、春山ちゃん」

解散しかけた春山さんを、奈津子先輩が呼び止めた。

「その日、美幸ちゃんは来られないかしらね」

「聞いてみますけど～、たぶん暇ですよ、あの子ォ」

春山さんは言い、奈津子先輩がにっこり笑って俺を見た。

「だって。保護者つきなのは不満でしょうけど、エスコートよろしくね」

……ってことは、俺、逃げられない……⁉

「さあ、出てくださーい、電気消しますよー」

守村先輩にうながされてぞろぞろと大会議室から出て、奈津子先輩たちはそのまま階段に向かったけど、俺は残った。せめて一言あやまっとかなきゃ気がすまない。そう思って、ドアの横に立って二人が出てくるのを待ってたんだ。

ところがそのせいで俺は、とんだデバガメをやるハメになった。

「だから、ごめんって」

ドアのすぐ向こうで守村先輩の声が言い、ドアがあくのと一緒に桐ノ院さんの返事が耳に入ってきた。

「償いはベッドの中でしていただきましょう」

「はいはい、いかようにも」

と苦笑しながら廊下に出てきた守村先輩と、ばっちり目が合った。

守村先輩はヒッと息を呑《の》み、俺はウッと目をつぶった。桐ノ院さんの殺人光線に脳を焼かれたくなかったからだ。

「おや、五十嵐くん、まだ何か話が？」

固まっちゃってる守村先輩の後ろから、桐ノ院さんが涼しい口調で声をかけてきて、俺の背筋はビキンッと凍った。それを無理やり二つに折り曲げて、

「すんませんでしたっ！」

と絞り出した。

「お、俺ぜんぜん、こんなつもりじゃっ」

すると桐ノ院さんは、苦笑を含んだ声音で言った。

「ああ、気にしなくていいですよ。たまには団体行動も新鮮です。美幸くんが来られるなら、

ダブルデートにナニー（＝ベビーシッター）が二人つき添う恰好《かっこう》ですね。おっと、二人をナニー呼ばわりしたことは川島くんたちには内密に願います。

さて、帰りましょう」

上機嫌なようすで、いつにないおしゃべりをしてみせた桐ノ院さんの腹の中は、俺には読めず、ただ「うっす」とうなずくことしかできなかった。守村先輩は顔を伏せて立ちすくんだまま ぴくりともしない。

「帰りますよ、悠季《ゆうき》」

桐ノ院さんが言って、守村先輩の肩に手を置いた。その手をすっとすべらせて頰に当て、先輩の顔を自分のほうに向けさせた。それからやおら腰をかがめて、先輩の口元に口を寄せ……唇の端にキスした！

「わあっ！」

と叫んだのは守村先輩。とっさに飛びすさろうとしたけど、桐ノ院さんが一方の腕で腰を抱いて捕まえた。と思うや、もう一方の腕で背中を抱いて先輩を抱きすくめ、唇を奪おうと！

「や、やめっ、やめろ圭《けい》！　い、五十嵐の前でっ」

がっちり捕まっちゃってる上に片手には大事なバイオリン入りのケースを持ってる守村先輩は、身をよじって顔を逃がすぐらいの抵抗しかできなくて、桐ノ院さんは先輩が右に逃げれば左の頰に、左によければ右の首筋に、ってなぐあいにキスの雨を降らせながら言った。

「暴れるとバイオリンを傷めますよ」

「だから、よせって！」

守村先輩は涙声。本気で嫌がってるのに、桐ノ院さんはあきらめない。

「きみが抵抗するからです」

「五十嵐がいるんだぞっ」

「だからなんです？　彼は僕らの仲は承知している」

「そ、それとこれとは！」

「シャラップ」

「ひっ！」

俺は急いで目を逸らし、もっと早くにやるべき回れ右をして、コンたちの恋人キスに背を向けたが、コンマ秒の手遅れで二人の口が合わさった瞬間を目撃してしまった。

「いやいやいやいや、見てない見てない！　俺はなんっも見てないし、なんっも聞こえてないっすよー！」

桐ノ院さんの荒い息も、守村先輩の息が上がった喘《あえ》ぎも、ピチャなんて音も、なーんも聞こえてこないっす！

……ってェか、俺なんでこんなとこでぐずぐずしてるんだ⁉　消えろよ、いますぐ！　守村先輩が可哀想だろ⁉

やっとそう思いついて、俺はそろりとチェロケースを抱え上げ、抜き足差し足で撤退しようとしたんだけど。そのとたんに階段を上がってくる足音に気がついた。

「コンッ、守衛のおっちゃんが来るっすよっ」

ひそめ声での警告はコンの耳に届いたようで、力ずくのキスの気配がやんだ。と思ったら、バシッと平手打ちの響き。

「五十嵐くん、コーヒーを飲んで帰りましょう」

そう命令してきた桐ノ院さんに、「ういっす」と返事して歩き出した。守村先輩の傷つきまくった表情を見ちまうのが怖くって振り向けない。そんな先輩が気の毒で逃げられない。

桐ノ院さんが喫茶『モーツァルト』でやろうとした話し合いは、俺の後ろを歩いてくるお二人さんが、市民センターの玄関を出たとたんに始まった。

「恥知らず！」

という守村先輩の吐き捨てで口火を切った話し合い（痴話喧嘩《ちわげんか》とも言う？）は、守村先輩の激昂《げっこう》した口調と桐ノ院さんの冷静な受け答えが、二人の気持ちの平行線ぶりをあらわしていた。

「いったいきみは何を考えてるんだっ」

「荒療治であったことは認めますが、きみのためです」

「僕のため!?　僕はきみみたいな露出狂じゃない！」

「僕も露出趣味などありません。僕が言いたいのは、僕らを容認してくれているコミュニティー内でさえ、ああした過剰な反応をするようでは、きみの神経が保《も》たないと」

「過剰な反応ってなんだよ！　きみが人前でキスしようとしたりするからだろ!?」

「僕が言っているのは『デート』という言葉への過剰反応ですよ。たかが冗談を聞き流せずに、ああした結果を招いたことを言っているんです」

「い、いいじゃないか、たまにはみんなと出かけるのも。きみは気に入らなくても、僕は楽しみだよ」

「僕もその点についてはやぶさかではありません。問題は、きみの神経過敏がかえってやぶへびになる危険性です。冷静に考えてみれば、僕らのことを好意的に容認しているゆえの五十嵐くんの軽いからかいなど、笑って受け流して当然だったとは思われませんか」

俺の名前を口にされて背中がひやっとなったが、続いた言葉で緊張が解けた。

「あの場面を見て、きみはＴＰＯによってはオープンになれるような余裕を心に持つ必要があると感じました。それで荒療治を敢行してみたのですが、効果はあったようですね」

守村先輩は「え？」と返し、俺も首をかしげたけど。

「ごらんのとおり、僕らの目の前を五十嵐くんが歩いていて、この距離ですから当然、僕らの話も聞こえている。でもきみは、彼を気にしていなかったでしょう？」

守村先輩はウッと詰まったらしく返事しなくて、桐ノ院さんが続けた。

「それでいいのです。彼は僕らにとって真に気の置けない友人なのですから、言ってしまえばベッドシーン以外はオープンでかまわない。そうですね、五十嵐くん？」

「キ、キスシーンも勘弁してほしいっす。俺、映画とかなら平気っすけど、生はちょっと……」

って言ったら、コンいわく。

「今夜見たものは忘れるように。ああした悠季は本来的には非公開というのが僕の方針です」

つまりコンの独占物ってことだ。俺は守村先輩のために抗議した。

「見たってほど見てないっす」

それから、先輩のために言い添えた。

「コンの考えはわかったっすし正論とも思うすけど、守村先輩のファンとしては、そのやり方には異議ありっす。いっくら先輩のためっつっても、シャイな先輩にはちょっとどこじゃなくひどいやり方だったたって思うっす」

「あは、サンキュ」

守村先輩のやわらかいテナー声が、ふわって感じに俺の背中をあったかくさせた。

「でも先輩、コンの言い分にも一理はあるっすから。俺らといるときは、なんも気にしないでリラックスしててオッケーっすから。俺らは、先輩とコンがデートすんのなんかあたりまえっって頭でいるし」

「ん〜……それはありがたいんだけどさ、なんていうか……あは、うまく言えない」

俺は話題を変えることにした。

「ところで先輩、海パンは何派っすか?」

「うふっ」

と守村先輩は笑って、言った。

「スクール水着」

マジ、ウケた。


朝七時の集合に、俺は三分ばっか遅刻し、春山さんと美幸ちゃんは十分遅れでやってきた。

「おはよ~ございま~す! 遅刻しちゃってすいませ~ん」

「お姉ちゃんのせいでーす」

「ごめんなさ~い」

「はい、切符。じゃ、行きましょ」

春山さんは、ノースリーブのワンピースにつば広の帽子で、避暑地のお嬢様スタイルだったけど、妹の美幸ちゃんはハーフパンツのサファリルック。奈津子先輩は脚線美がまぶしいバミューダパンツのスポーティー系で、三人見事にばらばら。

俺たち男組のほうも、ファッションはばらばらだった。俺はいつもとあんまり変わらない格好で(ただし足はサンダル履き)、守村先輩はいつもよりは砕けてるけど綿パンとポロシャツってフツーのスタイル、さわやか系。でかいスタジアムバッグ持参。そして桐ノ院さんは……

俺は見た瞬間のけぞったね……生成りの麻のスーツに白のパナマ帽っていう、ニースのジゴロ⁉　みたいな服装でさ。すっげー似合っちゃいるけど、これにサングラスかけたらマフィアの色男って感じでもあり、ただでさえ目立つ身長百九十二センチが目立つ目立つ。

そんな桐ノ院さんの横に、ぴとっと春山さんが並んでみせて、いわく。

「ねェねェ、ハイソのカップルに見えない？」

俺は即行でカメラを引っぱり出し、お嬢様と高級ジゴロ……もとい、うっふんポーズの春山さんとポーカーフェイスのニース風コンのツーショットをフィルムに収めた。

ホームで電車を待ってたあいだに、奈津子先輩から乗り継ぎルートの説明を聞いた。

「乗り換えの回数が多くなるけど、鎌倉《かまくら》から江ノ電に乗って、江ノ島まで三十分ぐらい。江ノ電がとってもかわいいローカル線なんで、このコースがおススメなんだけど、いいかしら？　小田急線だと新宿から一本で行けるんだけど、車窓からの眺めも楽しみたかったら鎌倉経由が面白いわ。帰りは小田急ってことでどう？」

俺は「うぃっす」と即答したけど、守村先輩は桐ノ院さんと目で相談し合ってから、

「いいんじゃない？」

と返事した。

うわお、早くもアテられてるっす。がんばれ、俺。

「あ～、鎌倉も行きたいかも～」

春山さんが言い出したけど、鎌倉は鎌倉で一日コースだってことで、「またこんど」って話に終わった。古都鎌倉って……あ、そうか、鎌倉幕府があったところか。でも俺、歴史は興味ないからなァ。

日曜日の七時台の電車はすいていて、六人が一列に並んで座れた。守村先輩がドア横の端っこで、隣にはもちろん桐ノ院さん。その横は、みんながそれとなく敬遠したんで俺ってことになり、隣に美幸ちゃんが来た。それから春山さんで、奈津子先輩。

誰も何にも言わなかったけど、みんな一様に思ってただろう。(殿下、すかさず守村さんをガードに入りました) ってなふうに。

「あ、ねえ、みんな朝ごはんは？」

桐ノ院さんの向こうから顔を出して聞いてきた守村先輩に、奈津子先輩が答えた。

「もしかして守村さん、おにぎり作ってきたとか？」

「あは、ないない。作ろうかと思ったんだけど、寝坊しちゃって」

「相変わらずまめねェ。私なんか、最初から作ろうとも思わなかったわ」

守村先輩たちは朝めしは食べそこなってるそうで、俺も以下同文。食べてきたのは奈津子先輩だけだってことが判明して、途中で調達して電車の中で食べようってことになった。

みんなとその話をしてたあいだ、俺は頭の片っぽのほうでイケナイ想像と闘ってた。守村先輩の「寝坊した」ってセリフで、つい妄想がむくむくと……さ。

……じつは俺、このあいだキスシーンを瞬間目撃して以来、やたらめったら妄想たくましい性春小僧になっちまってたりして、ちょいヤバ。覗《のぞ》き趣味みたいで守村先輩には悪いし、桐ノ院さんにバレたら怖いしで、考えないようにしようって努力はしてるんだけどさ。気がつくとあれこれ想像しちまってるんだ。

でもって『寝坊』なんて直球がきてしまっちゃ、寝不足↓明け方までとか？　↓コンはきっと絶倫↓一晩中アンアンとか……↓（いつか観たエッチビデオのアンアンシーンが何種類かフラッシュバック）↓されてるAV女優を守村先輩に変換……するなよっ！　わーっわーっ、海は青いなー大きいなー！　コンに蹴《け》られてサメの餌〜♪　ってかァ、なははは！　……先輩、んなこと考えちゃってて、すんませんっ！　もうぜったい考えないっすから。誓うっす。

しかしその後も、俺の想像力は暴走し続けたんだった。俺ってじつは超スケベ野郎……？

横須賀《よこすか》線の中で、買い込んだ朝めしを食べた。この電車は長距離列車仕様のボックス席もあって、通路を挟んだ隣り合わせにボックスが取れたんで、四人と二人に分かれて座った。俺たち四人と、あっち二人ってシフトでだ。

こっち組は女三人がおしゃべりを繰り広げて俺も参加し、ぺちゃくちゃにぎやかだったけどあっちの二人は静かなもんで、見れば窓側に座った守村先輩はコンの肩を借りて眠りこんでる。奈津子先輩も気がついたけど、二人とも見なかったふりを決め込んだ。もしかすると奈津子先輩も、俺みたいに想像しちゃったりすんのかな、とか一瞬思っちまって急ぎ消去した。

鎌倉駅は高架になってて、階段を下りて乗り換え口に向かった。江ノ電は、くすんだ緑色とクリーム色のツートンカラーでレトロな感じの車両が二両編成っていう、いかにもローカルっぽい電車で、春山さんがしきりと「かわいい」を連発してた。

海水浴客に制服姿の高校生が混じって、ラッシュに近い混み方で出発した電車は、まずは家並の裏みたいなところを走り、バス道路を横切って、海が見える湾岸道路沿いを進んだ。まるで市電みたいに、三分ぐらいずつで駅に着き、田舎っぽい感じの住宅地の家の生垣と生垣のあいだを通って行ったりする。それから、海を見ながらのコースになった。

「どう？　この電車、けっこう面白いでしょ？」

奈津子先輩が、桐ノ院さん越しに守村先輩に話しかけ、つり革につかまって車窓の向こうの海を眺めていた守村先輩がこっちを振り向いた。

「うん、いいね」

と笑って、桐ノ院さんを見上げた。

「きみにはちょっと窮屈そうだけど」

たしかに頭が天井にくっつきそうだ。

やがて砂浜にカラフルなビーチパラソルが林立する海水浴場が見えてきて、その向こうに近々と緑の島。

「あれが江ノ島？」

守村先輩が尋ね、桐ノ院さんが答えた。

「ええ。江戸時代からの観光地です」

さりげなくミニうんちく付きだ。

もっと乗ってたかった気分で電車を降りて、古びた駅舎を出ると、網袋に入れたサザエや魚の干物を並べた土産物屋なんかがある大通りをぶらぶら海に向かった。ただし、道は広いけど通りは閑散としてて、なんとなくさびれた雰囲気。

「まずは江ノ島を見て、水族館を覗いて、それから夕方まで海岸で遊ぶってコースでどうかしら？」

「水着に着替える場所はあるのよね？」

「海の家に更衣室があるわ。席料がいるけど、シャワーもあるし荷物も預けられるし」

『海の家』っていうのは、海水浴シーズンだけ臨時に建てられる有料の休憩所で、かき氷やアメリカンドッグなんかも売ってたりする。

川島ガイドの提案に誰も異議はなかったんで、まずは江ノ島に向かった。こっちの海岸から島の海岸まで桟橋が渡してあって、歩いていけるんだ。桟橋の際にサザエのつぼ焼きの屋台が出てて、うまそうないい匂いをさせてた。いくらだ？　五百円か。けっこう高いな。

「あれ、うまそうだね」

守村先輩が桐ノ院さんに言うのが聞こえた。

「帰りに寄らない？」

「ええ、いいですよ」

と、お二人さんの話は決まった。

そういえばっすよ、さりげにそっち二人はデートしてないっすか？　六人グループっていうより、お二人さんとオマケ四人って雰囲気で……ま、いっすけどね。

大鳥居をくぐって島に入ると、そこは土産物屋銀座だった。島の頂上に向かうらしい一本道の両側は、土産物屋がずらっと軒をつらねてて、ある意味、圧巻。売ってる土産物は、どこの観光地でも見かけるようなキイホルダーだのペナントだのオモチャだので、貝細工類がちょっとめずらしいぐらいのありきたりさなんだけど、夏祭りの夜店みたいに沿道にずらっと小店が続いてるところが、なんかちょっと変わった雰囲気を作ってて面白い。おっ、茶店発見。あの『氷』って旗（？）は、なぜか全国共通なんだよな。

こんもり高い島の頂上から相模湾《さがみ》を見晴らして、下った先の岩場に弁天さんを祀《まつ》った洞窟《どうくつ》。

『弁財天は技芸の神様だ』ってなことを解説した看板があって、女神像は琵琶《びわ》を抱えてた。

「へえ、音楽の神様なんっすか」

「よく拝んどかなきゃな」

俺はちゃんと賽銭《さいせん》も上げて、しっかり拝んだ。どうか一生、チェロで食ってけますように。

来た道を戻って島を出ると、ちょうど昼めし時間になってた。

「屋台でつぼ焼きと思ってたけど、あそこはつぼ焼きしかやってなかったよね。昼ごはんにはならないから、またにしようか」

とか桐ノ院さんに言ってた守村先輩の横から、

「あら、いいじゃない。食べましょうよ」

と割り込んだ奈津子先輩は、度胸あるっす。

海を眺めながら食ったサザエのつぼ焼きは、うまかったけど熱かった。

それから近くの旅館の食堂で、盛りのいい刺身がついた和定食を食べなおし、しゃべりながらのんびり食ってたら二時近くになったんで水族館はパスにして、海岸に出た。

……事件は海の家で起きた。

俺は家出るときに海パン穿《は》いてきてたんで、ただ脱ぐだけだったけど、先輩たちは更衣室に着替えに行き……先に戻ってきた守村先輩の、すんなりきれいな生足にまずドキッとなった。マジで紺色の学校水着みたいなスタンダードタイプの海パンに、フード付きの白いパーカーを羽織った先輩の色白な胸に、キスマークの跡らしいもんを見つけちまってズキュンと来た。

俺、サポーター穿いてきたよな。二枚穿きにしときゃよかった……なんちゃって二枚も持ってねェって。

独りツッコミをやってたところへ桐ノ院さんも戻ってきたんだけど、ニース風紳士が選んだ水着は黒のぴっちりビキニだった。しかもパーカーとかは着てないそれ一枚で、おなじ男としてぜったい横には並びたくないお見事な肉体美を、惜しげもなく見せびらかしてる。

ボディビルダーのむきむきとは違うけど、腹筋なんかしっかり割れちゃってる桐ノ院さんの裸は、いかにも絶倫っぽいたくましさで、俺は（男のサガって言うか）つい想像しちまった。

この人がオスの本性を剝《む》き出しにして、守村先輩の色白でスリムな体にむしゃぶりつき、あんなことやそんなことをしちゃったりする強烈なベッドシーンを……

「ちょっと五十嵐くん、どうしたの⁉」

「きゃっ、イガ先輩、鼻血鼻血！」

奈津子先輩と美幸ちゃんの叫び声に、はっとわれに返って手で鼻の下をこすれば、ヌルって感触がして手にはべっとり赤い色。

「やーねェもうっ。桐ノ院さんのナイスバディに見蕩《みと》れて鼻血出しちゃうなんて、怪しすぎ！」

はへっ？　お、おおお俺っ、べつに桐ノ院さんのカラダ見てキちゃったわけじゃ！

守村先輩がじと〜っとした目つきでこっちを見てたんで、「誤解っす！」と両手を振りまわして大否定したけど、じゃァなんでこうなったかを説明することなんて、できるわけがなく。

「なァんだ〜、五十嵐くんって隠れホモくんだったたんですか〜ァ」

やっっ、んなことないっす、春山さん！

「どうりで美幸ちゃんと進展しないはずよねェ。あらあら、そうだったの〜」

な、奈津子先輩、変な納得はしないでくださいっす！

美幸ちゃんはうつむいて肩を震わせてて、俺のホモ疑惑がそんなにショックなのかと焦ったが、爆笑をこらえてたんだった。

「いやっも～～～～っ、イガちゃん先輩ったら恥ずかし過ぎ！　アハッ、アハッ、キャハハハハハハハ！」

み、みっともない男ですいませんねっ。

そんな中で、ただ一人冷静だった桐ノ院さんが、いつものポーカーフェイスで冷ややかに言ったひとこと……

「きみには飯田《いいだ》くんがいるでしょう」

ってのは、沈みかけた船を撃沈するとどめの魚雷ってとこだった。

「お、俺、俺、そんなんじゃっ」

マジで青ざめた俺に、

「ええ、冗談です」

と桐ノ院さんはすっとぼけ、

「いまのはちょっとタチ悪かったね」

と桐ノ院さんを睨《にら》んだ守村先輩が、ぽんと俺の肩をたたいて言った。

「暑くってのぼせたんだよな。ほら、顔洗って来いよ、更衣室の中にシャワーがあるから。それと、ティッシュね」

俺はもらったポケットティッシュを血のついてない指でつまんで、そそくさと更衣室に逃げ込み、シャワーの雨の中で思いっきり落ち込んだ。ああ、俺……ああ、俺……情けねー……

そのころ外では、奈津子先輩が「いたいけな青少年をからかうな」と桐ノ院さんに抗議してくれてたっていうのは、あとで美幸ちゃんから聞いた。でも自業自得っすから。

流血騒ぎが収まったあと、みんなでビーチバレーをやった。砂浜や波打ち際は人でいっぱいだったんで、腰の深さぐらいまで入った海の中でやったんだけど、メチャ面白かった。

桐ノ院さんがロボットみたいな無表情のまんま、水を撥《は》ね飛ばしてボールにダッシュする姿に笑い転げ、ザンブとすっ転びながらのファインプレーに拍手した。パーカーを着たまま参加した守村先輩が、意外に運動神経のいいのを発見した。守村先輩は二度メガネを落とし、みんなで大騒ぎして二度とも見つけた。

「ごめんごめん、スポーツ用のバンドをつけとくべきだった」

そう頭をかいた守村先輩の、濡《ぬ》れて貼りついたパーカーの下に透けて見えてる乳首から、俺はこっそり目を逸らした。これでまた鼻血噴いたりしたら、こんどこそ真相がバレちまって、桐ノ院さんに海底に埋められる。いや、守村先輩にも埋められそうだ。

遊ぶ合間にかき氷を食った。焼きとうもろこしも食った。香ばしいしょうゆ味のとうもろこしを食いながら、ふと気がついたら、守村先輩と桐ノ院さんは別々に座って、それぞれの相手とおしゃべりしてた。守村先輩は奈津子先輩と、桐ノ院さんは春山さんと美幸ちゃんと。

　そのあとも六人は自然にミックスしてて、二人と四人じゃない六人グループで帰りの電車に乗った。

「あーあ、楽しかった。これからもたまにはこうやって、みんなで遊びましょうよ」

　っていう奈津子先輩のまとめに、桐ノ院さんが一番に賛成したのにはチョイ驚いたけど、マジで楽しかったらしい顔してたから、こういう桐ノ院さんもありってことだ。

　ちなみに新宿で乗り換えた電車では、桐ノ院さんと守村先輩はそれがあたりまえって感じに並んで座り、途中から寝ちゃった守村先輩に桐ノ院さんが肩を貸してた。そんな二人の姿っていうのは、しっくりいい関係でやってるようすが微笑ましいって言うか……いや、うらやましい、かな。

　俺もカノジョがほしいかも……とか思った。先輩たちみたいなクールでホットなカップルになれる相手を探してみようかなァ。

あとがき

こんにちは、秋月です。

おかげさまでアンコール集も四冊目になりまして、『終わったのに終わらないフジミ』とか言われちゃいそうですが、とりあえず今回のお話はいかがだったでしょうか？

リクエストを多くいただいておりました『妖婆《ようば》ミランダvs桐院燦子&マム・マリア』の頂上対決は、陰険なパンチのヘビーな応酬をがっつり描こうとして、書き下ろした三本の中ではいちばん頭をしぼりました。「あらあら、おほほほ」などと表面上は上品にほほえみ交わしながら、テーブルの下ではシビアに脚を蹴《け》り合うような、上流夫人同士の角突き合いみたいなのを表現してみたかったんですが、ご期待に添えましたでしょうか？

『わが道』では思わぬ「ヒョウタンから駒」が出まして、桐ノ院くんは新たな目標をロックオンしたもよう。そもそもは、かなり気に入っている変人倉の三老人を取り上げたかっただけだったんですが、教授の一言が今後の成り行きに多大な影響を与えることになりました。

わざわざそれをこうして取り上げるのは、あれって最初から計算してのセリフじゃなかったんです。ひょんな感じに出てきた一言で、教授も半分以上は冗談のつもりだったと思うんですが……ひさびさにストーリーが独り歩きをした一本でした。

ちなみにこれを書きながら、桐ノ院くんは、親しい人を亡くす経験をしたのは初めてなんだろうなと気がつきました。彼も同居していた祖母上を見送ってはいますし、親戚《しんせき》関係のお葬式に出席したことぐらいはあると思いますけど、お祖母《ばあ》さんとは冷えた関係だったし、心にガツンと来るような死別を体験するのは今度が初めてじゃないかしら。ラッパ屋が遺《のこ》していったものは、彼にとってとても大きいと思います。

『銀の匙《きじ》のサンバ』は、近ごろ出番がないとお嘆きの飯田さんファンのために書かせていただきました。家庭の事情がかなりバレましたが、ご納得いただけますでしょうか。

飯田さんといえば、はるか昔のドラマCD（ソニー盤『ホーム・スイートホーム』）でアテてくださった、大塚明夫さんの名演技がいまだに耳に残っていて、私の中の飯田弘は、あの声でのあのしゃべりです。

しがないサラリーマン・チェロ弾きと自嘲《じちょう》しながらも、中身は熱い男の未来は、はたしてどっちへ行くのが正解か⁉　黒子の私も、一緒に悩んでいきたいと思います。

『海辺にて』は、二〇〇五年に発行した十周年記念サービス冊子『小組曲』からの再録です。最近の作品とはトーンが違うところが、お口直しにいいかなと思って入れていただきました。

それでは、お楽しみいただけたことを願い、またお会いできることを祈りつつ、これにて。

秋月　こお

銀《ぎん》の匙《さじ》のサンバ
富士見二丁目交響楽団シリーズ外伝
秋月《あきづき》こお

角川ルビー文庫　R23-63　18488

平成26年4月1日　初版発行

発行者——山下直久
発行所——株式会社KADOKAWA
東京都千代田区富士見2-13-3
電話(03)3238-8521(営業)
〒102-8177
http://www.kadokawa.co.jp/
編　集——角川書店
東京都千代田区富士見1-8-19
電話(03)3238-8697(編集部)
〒102-8078
印刷所——旭印刷　製本所——BBC
装幀者——鈴木洋介

ISBN978-4-04-101306-9　C0193　定価はカバーに明記してあります。